Sigrid Wohlgemuth
Weihnachtsherz

Sigrid Wohlgemuth

Weihnachtsherz

Anthologie

Impressum

Coverdesign: Perry Payne
www.perry-payne.de/ppb.htm
Bildrechte: Herz: Image by Gordon Johnson from Pixabay
Winterlandschaft: Image by Jill Wellington from Pixabay
Winterlandschaft, Figuren: Image by Sabrina Belle auf Pixabay

Verantwortlich für den Inhalt des
Textes ist die
Autorin Sigrid Wohlgemuth.

TWENTYSIX
Eine Marke der Books on Demand
GmbH
Herstellung und Verlag: BoD – Books on
Demand, Norderstedt

ISBN 978 3740743451

Alle Rechte liegen bei der Autorin Sigrid Wohlgemuth.

Copyright © November 2023

Die Deutsche Nationalbibliothek verzeichnet diese Publikation in der
Deutschen Nationalbibliografie; detaillierte bibliografische Daten sind im
Internet über http://dnb.dnb.de abrufbar.

Das Werk ist einschließlich aller seiner Teile urheberrechtlich geschützt.
Jede Verwertung und Vervielfältigung des Werkes ist ohne
Zustimmung der Autorin unzulässig und strafbar. Alle Rechte, auch die
des auszugsweisen Nachdrucks und der Übersetzung, sind vorbehalten.
Ohne ausdrückliche schriftliche Erlaubnis der Autorin darf das Werk,
auch nicht Teile daraus, weder reproduziert, übertragen noch kopiert
werden, wie zum Beispiel manuell oder mithilfe elektronischer und
mechanischer Systeme inklusive Fotokopieren, Bandaufzeichnung und
Datenspeicherung. Zuwiderhandlung verpflichtet zu Schadenersatz.

Ähnlichkeiten mit lebenden oder toten Personen sind reinzufällig.
Alle Figuren und Handlungen sind der Fantasie der Autorin entsprungen.

Weihnachtsherz

Για τη
Μαργαρίτα και τον Γεώργιο
σ' αγαπώ

Inhalt

Vertraue der Stimme deines Herzens 11

Verregneter Weihnachtsmarkt 59

Hoffenster 73

Glitzer und Glamour 103

Die Bank vor dem

Weihnachtsschaufenster 139

Du bist anders 169

Persönliche Worte 179

Vita 183

Veröffentlichungen 185

VERTRAUE DER STIMME DEINES HERZENS

»So einfach ist das nicht«, sagte Ella Klaus und schob sich energisch eine Haarsträhne aus dem Gesicht. Sie saß auf ihrer gemütlichen Couch, das Handy auf laut gestellt und verfolgte unfreiwillig die Worte ihres Bruders Linus.

»Ella, wir brauchen dich. Vater ist in einem … nun ja, wie soll ich es vorsichtig ausdrücken, desolaten Zustand. Du bist die Ältere von uns beiden und musst in seine Fußstapfen treten.« Ella vernahm das hastige Atmen ihres Bruders. »Das werde ich nie und nimmer machen! Was glaubst du denn, warum ich das irdische Leben gewählt habe? Du bist Papas Nachfolger, denn du, mein lieber Bruder, bist mit deinem gesamten Herzen in der Tradition gefangen. Nicht ich. War es nie, werde es nie! Punkt!« Sie setzte sich gerade, drückte den Rücken durch, obwohl Linus es nicht sehen konnte. Für sie selbst als Bestätigung half es ihr Mut zu behalten, nicht auf die Forderung des Bruders einzugehen. Zum Nordpol, ins Land des Weihnachtsmannes, ihrem Geburtsort sollte sie auf der Stelle kommen.

Nein!

»Hör zu, Ella. Wir beenden das Gespräch und wenn du dich beruhigt hast, dann meldest du dich bitte bei mir«, bat Linus.

»Es gibt nichts zu überdenken, ich bleibe, wo ich bin. Ihr müsst allein zurechtkommen. Ich habe mich für ein Leben auf der Erde entschieden.«

»Das wissen und respektieren wir, das heißt aber noch

lange nicht, dass du die Familie im Stich lassen kannst, wenn es brenzlig wird. Glaubst du, ich hätte dich angerufen, wenn es nicht ernst wäre?« Er hielt kurz inne. Ella blieb stumm.

»Melde dich bitte.« Linus beendete das Gespräch. Ella legte das Handy auf den Tisch, atmete tief durch, stand auf und holte sich in der Küche ein Glas Wasser. Trank es in großen Zügen leer. Dann stellte sie sich ans Wohnzimmerfenster, schaute hinaus in die langsam aufkommende Dunkelheit.

Seit einigen Jahre lebte sie in dem Haus, am Rande der Stadt. Ella hatte sich damals bewusst für ein Leben auf der Erde entschieden. Ihr Vater, der Weihnachtsmann, das Nordpolleben war für sie irgendwann nicht mehr real, keine Zukunft gewesen. In jungen Jahren war es ihr größter Traum, einmal in Vaters Fußstapfen zu treten. Als sie ins Teenageralter kam, beobachtete sie vermehrt die Kinder und die Erwachsenen auf der Erde. Niemand glaubte wirklich an den Weihnachtsmann, die Elfen und die Spielzeugfabrik am Nordpol. Und schon gar nicht an die sprechenden Rentiere. Ella zog sich immer mehr zurück aus dem Weihnachtsunternehmen, bis sie im Alter von dreiundzwanzig Jahren endlich den Absprung von der Familie vollzog. Die härteste Entscheidung in ihrem Leben, weit weg von den Eltern und dem Bruder sich eine neue Zukunft aufzubauen. Ella erdrückte das Weihnachtsland, sie wollte mehr sehen, mehr erleben. In Vaters Land hatte sie Privatlehrer, erlernte Marketing, Design, erfand neue Spielzeuge und kümmerte sich um die Buchhaltung. In ihrem Inneren jedoch schlummerte eine Grafikerin für Kinderbücher. Heimlich hatte sie nach dem Tageswerk an einer Mappe gearbeitet, diese an einen irdischen Verlag gesendet und wurde zu einem Vorstellungsgespräch gebeten. Das war der Anfang, von Ellas Abschied aus dem Land des Weihnachtsmannes. Sie erzählte den Eltern, dass sie die Enge nicht mehr ertragen könnte, sie wollte Neues sehen, Neues erleben. Nach langen Diskussionen ließen die Eltern die Tochter schweren Herzens ziehen. Ins Ungewisse, in ein fernes Land. Sie gaben Ella eine Nordsternschneekugel mit, dort konnte die Tochter, wenn sie wollte hineinschauen und bekam mit, was in der Heimat vor sich ging und es bestand zusätzlich die Möglichkeit miteinander zu telefonieren. Ella versprach sich zu melden.

Vor ihrer Abreise aus der Heimat hatte sie sich informiert, wie sie eine Wohnung finden könnte. Und falls es mit dem Vorstellungsgespräch nicht gut ausging, eine Anstellung und was für sie von großem Vorteil war, es gab ein Amt, auf dem sie Gelder beantragen konnte. Dieses suchte Ella bereits einen Tag nach dem unerfreulichen Vorstellungsgespräch auf und bat um Bewilligung für Wohngeldzuschuss und dem Bürgergeld. Die Mitarbeiterin war freundlich und da sie damals selbst aus dem Ausland bekommen war, hegte sie Sympathie für Ella und beschleunigte deren Anträge. Zu Anfang kam sie in einer Wohngemeinschaft unter. Ella ließ die Schneekugel stets im Koffer, damit kein Mensch per Zufall herausfinden würde, woher sie stammte. Wurde Ella gefragt, antwortete sie getreu aus dem Norden. Niemand fragte nach dem Ort.

Sie lebte sich schnell ein, bewarb sich bei verschiedenen

Verlagen als Zeichnerin und fand eine Anstellung. Sie lernte den Umgang mit ihr nicht bekannten Computerprogrammen und nahm privat Aufträge von Autoren an. Nach einem Jahr zog sie in eine eigene Wohnung, kaufte sich Möbel und genoss es endlich allein zu wohnen. Von Jahr zu Jahr wurde Ella erfolgreicher und konnte sich kaum vor Aufträgen retten. Sie hatte Freundschaften geschlossen und seit drei Monaten beschlich sie das Gefühl von Verliebtheit zu Henrik. Ella konnte sich ein glücklicheres Leben nicht vorstellen und bereute nicht einen Tag, dass sie das Weihnachtsland verlassen hatte. Seitdem war sie nicht ein einziges Mal bei den Eltern gewesen. Bis auf die Telefonate hegten sie keinen Kontakt. Das war damals so besprochen worden und im Notfall war die Schneekugel da.

Ella hatte die letzten Jahre an sich Revue passieren lassen. Sie gab zu, Sehnsucht nach den Eltern beschlich sie das ein oder andere Mal, doch sie musste sich an so viel Neues gewöhnen, sich ein Leben einrichten und war ständig auf der Hut, dass niemand ihre wahre Identität herausfinden würde. Seitdem Henrik in ihrem Leben eine Rolle spielte, war sie übervorsichtig geworden. Sie wich ständig seinen Fragen nach ihrer Herkunft aus. Obwohl sie liebevolle Gefühle für ihn verspürte und sich wünschte viele Jahre mit ihm gemeinsam verbringen zu können, setzten sie seine Fragen hin und wieder unter Druck. Und jetzt der Anruf von Linus. Der Bruder war mit Herzblut mit dem Weihnachtsland verbunden, er wäre der passende Nachfolger des Vaters oder für ihn in diesem Jahr der Ersatz, bis es dem Weihnachtsmann besser gehen würde. Doch die Elfen nahmen von keinem, außer dem Weihnachtsmann, Anweisungen an und daher bestanden die Eltern auf der Tradition, die oder der Erstgeborene müsste in schwierigen Situationen aushelfen. Dabei waren die Geschwister Zwillinge. Ella war gerade mal fünf Minuten vor dem Bruder geboren und somit auch das erste Mädchen, das als Nachkomme in der althergerührten Überlieferung zur Welt gekommen war. Ella schüttelte den Kopf. Wäre der Bruder zuerst … dann hätten sie nun keine Sorgen zu bewältigen gehabt.

»Nein, und nochmals nein«, sagte sie laut vor sich selbst hin. »Das geht nicht, ich habe mir ein Erdenleben aufgebaut und ich kann doch nicht von jetzt auf gleich verschwinden. Wie soll ich das dem Arbeitgeber, den privaten Kunden, den Freunden und Henrik erklären? Ich bin dann gerade mal weg zum Nordpol, mein Vater der Weihnachtsmann braucht Hilfe.« Sie lachte auf. Dann kamen die Gewissensbisse. Der Bruder hatte sich ernst angehört. Besaß sie das Recht die Familie im Stich zu lassen? Ja. Denn es war damals lange besprochen worden, dass sie sich für das irdische Leben entschieden hatte. Es kam nicht aus einer Laune heraus, denn Ella wusste, welche Konsequenzen es mit sich bringen würde. Wie viele Jahre waren es? Sie rechnete nach. Sechs. Und es war nicht immer eine einfache Zeit gewesen, doch sie hatte es geschafft und sich durchgekämpft. Und gerade jetzt, wo die Schmetterlinge langsam anfingen im Bauch zu kribbeln, wenn sie an Henrik dachte, sollte sie alles aufgeben und zurück gehen? Henrik, der sie zum Lachen brachte, der sie auf Händen trug, immer für eine Überraschung gut war, der einem hervorragenden Job als Manager in einem Investmentkonzern nachging. Noch hatten sie keinen körperlichen Kontakt, doch sie fühlten sich auch ohne Sex gut miteinander. Ella wollte es langsam angehen lassen, zu ängstlich, ob sie sich mit einem Erdenmenschen einlassen durfte. Henrik schien mit ihrer Zurückhaltung in Sachen körperlicher Liebe klar zu kommen und obwohl sie erst drei Monate miteinander verbrachten, überlegten sie bereits zusammenzuwohnen. Henrik hatte vorgeschlagen, dass er in Ellas Haus mit einziehen könnte. Es war größer als seine Junggesellenwohnung, lag in einer ruhigen Gegend und zentral genug, um mit der Bahn oder dem Auto schnell in die Großstadt zu gelangen. Anfang des neuen Jahres wollten sie den Umzug in Angriff nehmen.

Ella stand von der Couch auf, ging zum Fenster. Ein Glück war Henrik gemeinsam mit einem Freund aus gegangen, sodass sie Zeit hatte, in Ruhe über alles nachzudenken. Könnte sie sich für kurze Zeit aus dem Staub machen? Der Familie helfen und zack schnell wieder zurück sein? Der Bruder hatte von Nachfolge gesprochen. Dabei war der Vater längst nicht in die Jahre gekommen, um sich zur Ruhe zu setzen, dafür liebte er seine Lebensaufgabe zu sehr. Das Telefon klingelte.

»Klaus«, meldete sie sich.

»Ich bin es noch mal«, hörte sie Linus bedrückte Stimme.

»Ich …«

»Ella«, unterbrach er sie, »ich habe mit den Eltern gesprochen, sie lassen sich nicht dazu überreden, dass ich für Vater einspringe. Die Elfen haben sich dagegen entschieden.« Ella hörte die Traurigkeit aus seinen Worten heraus. Der Bruder war der beste Ersatz für den Vater, wieso sah er das nicht ein und setzte sich gegen das Volk durch? Und dass die Mutter dem Sohn nicht beistand. Ella schüttelte den Kopf.

»Linus, wie soll das gehen, ich kann nicht mir nichts dir nichts einfach verschwinden. Ich bin nicht mehr allein.«

»Du hast einen Freund?«

»Seit Kurzem und es ist schön, Verliebtheit zu spüren. Ich habe es vermisst.«

»Mit einem Erdenmenschen, da ist ziemlich schwierig, deine Herkunft geheim zu halten, stelle ich mir vor.«

»Ja, das ist es.«

»Ich kann dich verstehen und glaube mir, ich würde mir nichts mehr wünschen, als Vater zu vertreten. Doch, mir sind die Hände gebunden und wenn wir nicht bald handeln, geht hier alles drunter und drüber. Vater sitzt den ganzen Tag im Haus, kümmert sich nicht um die Werkstatt und von mir nehmen die Elfen keine Anweisungen an. Die Produktion ist eingestellt und täglich kommen neue Wünsche an. Ich kann keine Rohmaterialien bestellen, keine Aufträge ausführen und schon gar nicht in der Heiligen Nacht ausliefern. Das heißt, Weihnachten fällt für uns aus oder Vater rafft sich auf und geht seiner Berufung nach.«

»Was hat er denn eigentlich?«, fragte Ella.

»Keine Ahnung, es geht seit dem Sommer so, dass ihm die Lust an allem verloren gegangen ist.«

»Du meinst, er hat einfach kein Interesse mehr Weihnachtsmann zu sein?«

»Er hat geäußert, dass die Menschen eh nicht an ihn glauben würden.«

»Aber das weiß er doch seit ewigen Zeiten, es gibt Menschen, die daran glauben und andere nicht. Das war doch immer schon so. Ich bekomme es ja selbst hautnah mit. Ich kann nicht behaupten, dass sich da etwas geändert haben soll.«

»Was bringt es, wenn wir darüber nachdenken, das hilf uns kein bisschen weiter. Ich möchte dich nicht unter Druck setzen, ganz bestimmt nicht, doch ich will nichts unversucht lassen, dich umzustimmen, dass du herkommst.«

»Es fällt mir schwer. Ich melde mich morgen, versprochen.«

»Danke, Ella.« Das Gespräch war beendet. Ella ließ sich ein Bad ein, sie wollte entspannen, in Ruhe über alles nachdenken. Sie zündete Kerzen an, schaltete den MP3-Player ein, löschte die Deckenbeleuchtung und stieg ins warme Wasser.

Drei Tage später hatte sie alles geregelt. Im Verlag hatte sie um eine kreative Auszeit gebeten, die privaten Kundenaufträge abgearbeitet und Henrik erzählt, sie müsste jemandem aus der Familie helfen. Er war überrascht, denn bis zu dem Zeitpunkt hatte sie nicht ein einziges Mal davon gesprochen irgendwo eine Familie zu haben. Henrik zeigte jedoch Verständnis und somit war der Moment gekommen. Ella nahm die Schneekugel aus dem Versteck, schaute hinein, zum ersten Mal, seit Damals. Wildes Schneetreiben war zu erkennen, im elterlichen Haus brannten die Lichter. Die Werkstatt lag im Dunklen. Nicht eine einzige Elfe konnte sie ausmachen. Im Stall scharrten die Rentiere mit den Hufen. Dort sah sie den Bruder, der das Fell eines der Tiere mit der Bürste bearbeitete.

»Linus, hörst du mich?«, fragte Ella. Er zuckte zusammen, sah sich um und dann nach oben. An der Decke konnte er die Schneekugel und Ellas Gesicht ausmachen.

»Hallo Ella, du hast mich ganz schön erschreckt.«

»Linus, ich komme nach Hause. Schickst du mir eines der Rentiere, um mich abzuholen? Ich werde in den Wald fahren, dorthin, wo ich damals abgesetzt wurde.«

»Ich schick dir Larry, der hat dich zur Erde gebracht.« Sofort machte sich Linus daran das Tier auf den Flug vorzubereiten.

Ella schaute sich in der Wohnung um, steckte die Schneekugel ein und schloss schweren Herzens hinter sich die Tür. Larry wartete bereits im Wald auf sie. Ella stieg auf und schon ging es hoch in die Lüfte. Linus empfing sie am Stall. Nahm die Schwester in die Arme, drückte sie fest an sich. Ellas Nase war rot, ihr war kalt und sie rieb sich fortwährend die Hände.

»Wissen die Eltern Bescheid?«, fragte sie.

»Ich habe sie darauf vorbereitet. Mutter hat sofort angefangen dein Lieblingsessen zu kochen. Vater hat es sogar geschafft sich von seinem Platz zu erheben und ging ihr zur Hand.«

»Dann geht es ihm doch gar nicht so schlecht wie du …«, meinte Ella.

»Bevor du voreilige Schlussfolgerungen ziehst, schau ihn dir selbst erst einmal an«, bat Linus.

Ella bedankte sich beim Rentier, nahm die kleine Reisetasche.

»Kannst du die mit ins Haus nehmen?« Ella reichte sie

dem Bruder.

»Kommst du nicht mit?« Er nahm sie an.

»Ich komme gleich nach, möchte kurz in die Fabrik schauen.« Ohne eine Reaktion von Linus abzuwarten machte sie sich auf den Weg dorthin.

Vorsichtig öffnete sie die große Eingangstür, stieß sie auf. Stickige Luft stieg ihr in die Nase. Hier hatte länger keiner mehr gelüftet, stellte sie gedanklich fest. Sie schaltete die Deckenbeleuchtung an, eine Röhre nach der anderen leuchtete auf. Eine nie zuvor erlebte Stille schwebte in der Luft und eine totale Unordnung herrschte im Inneren. Arbeitsgeräte, Stoffballen und verschiedenartige Materialien lagen bunt verstreut auf dem Boden, den Werkbänken und auf den in die Jahre gekommenen Förderbändern. Ella nahm einen halbgefertigten Teddy hoch.

Wenn dieser Zustand in der Fabrik nicht ein Zeichen ist endlich mit dem Weihnachtsland aufzuhören, dachte Ella und legte das Stofftier zurück. Es gab genug andere Unternehmen, die seit Jahrzehnten derselben Geschäftsidee nachgingen und erfolgreicher waren. Beim Weihnachtsmann kamen Bestellungen an, von Kindern, die noch an ihn glaubten, ansonsten starb dieses Firmenmodell langsam, aber sicher aus. Sie schloss die Tür, atmete die eisigkalte Luft ein und schritt aufs elterliche Haus zu. In jedem Fenster leuchteten Kerzen und strahlten Harmonie aus, in der eisigen Nacht. Für Sekunden kamen in Ella warme, herzliche Gefühle für ihr altes Zuhause auf. Schnell versuchte sie, diese in die hinterste Ecke ihres Inneren zu verdrängen. Dieses Haus gehörte zur Vergangenheit, die Gegenwart spielte sich für Ella auf der

Erde ab. Sie lächelte bei dem Gedanken an Henrik. Was er jetzt wohl macht?, fragte sie sich. Dann drückte sie die Klinke der Eingangstür hinunter. Mollige Wärme schlug ihr entgegen. Der Duft von Entenbraten schwebte in der Luft. Ellas Magen knurrte. Seit Stunden hatte sie nichts mehr gegessen, viel zu aufgeregt, die Eltern, ihre Heimat, den Bruder und die restlichen Bewohner des Weihnachtslandes wiederzusehen. Sie drückte den Rücken durch, hob den Kopf und ging in die Küche.

»Ella«, die Mutter kam mit ausgebreiteten Armen auf sie zu. »Endlich bist du da.« Die Weihnachtsmannfrau drückte sie fest an sich, gab ihr einen Kuss auf die Wange. »Lass dich ansehen.« Die Mutter setzte die Brille gerade. »Kind, bekommst du denn auch genug zu essen dort unten?«

»Sehe ich so ausgehungert aus.« Ella zog den Mantel aus, legte ihn über einen Stuhl. Der Vater kam auf sie zu.

»Mein Kind, ich freue mich, dich endlich wiederzusehen.« Der Weihnachtsmann rieb sich eine Träne von der Wange.

»Hallo Vater.« Sie nahmen sich in den Arm. Der Vater strich ihr sanft über den Rücken.

»Komm, setz dich.« Die Mutter zog die Tochter mit sich an den Tisch, rückte einen Stuhl für sie zurecht.

»Entenbraten mitten in der Woche«, bemerkte Ella.

»Für dich, den magst du doch immer noch, oder?«, fragte die Mutter und reichte Ella den Rotkohl.

»Seit damals, als ich von hier fortging, habe ich keine Ente mehr gegessen«, antwortete Ella mit leiser Stimme.

»Aber die Menschen haben diese Tradition in der Advents- und Weihnachtszeit seit Jahrzehnten übernommen.« Der Weihnachtsmann griff nach der Schüssel mit den Kartoffeln, nahm sich danach Soße und mischte sie unter. Ella lachte, es hatte sich nichts geändert, der Vater liebte es weiterhin Kartoffeln mit viel Soße zu essen. Die Mutter legte ihr ein Stück Entenbrust auf den Teller.

»Sie haben es übernommen, doch nicht ich. Es hätte mich zu sehr an die Zeit mit euch erinnert«, sagte Ella.

»Das hört sich an, als würdest du nicht glücklich sein und wir dir fehlen«, mischte sich Linus ins Gespräch.

»Sicher fehlt ihr mir. Es hat eine Zeit lang gedauert, bis ich mich eingelebt habe und Freunde fand. Familie ist nun mal Familie. Ich bereue keinen Moment, diesen Schritt gewagt zu haben, nicht dass ihr denkt, dass ich unglücklich bin. Ich habe euch am Telefon immer die Wahrheit gesagt, wie es um mich und mein Seelenheil steht.«

»Dann bin ich beruhigt. Und nun iss, mein Kind«, sagte die Mutter und nickte Ella auffordernd zu.

»Nein, bitte keinen Pudding mit heißen Früchten mehr für mich«, bat Ella. »Ich bin so satt, bei mir geht nichts mehr rein.« Sie legte die Hand auf den Bauch.

»Dann kannst du ihn morgen zum Frühstück essen. Ich stelle ihn extra nicht in den Kühlschrank, damit er nicht zu kalt sein wird.« Gemeinsam mit Linus fing die Mutter an den Tisch abzuräumen. Als Ella ihr behilflich sein wollte, machte sie eine Handbewegung und bat sie sitzen zu bleiben. Beide waren gerade aus dem Zimmer gegangen, da räusperte sich der Vater und Ella machte sich auf eine Auseinandersetzung gefasst. Doch der Weihnachtsmann blieb still. Das war Ella vom Vater nicht gewohnt.

Nun konnte sie sich selbst ein Bild von Linus` Besorgnis um ihn machen.

»Sag mal, Vater«, fing sie das Gespräch an. »Was ist denn los, in der Fabrik sieht es ziemlich unordentlich aus. Wollen die Elfen keine Spielzeuge herstellen?«

»Ich habe keinen Auftrag dazu erteilt«, gab der Weihnachtsmann zur Antwort.

»Darf ich fragen, warum nicht?« Sie sah ihm in die Augen.

»Ich fühl mich nicht danach.«

»Bist du krank?«

»Eher habe ich das Interesse verloren.«

»Aber wieso?«

»Ach, das ganz Gehabe auf der Erde, es sind hauptsächlich Kleinkinder, die noch an den Weihnachtsmann glauben, sonst läuft da unten alles aus dem Ruder und es wird bei großen Unternehmen eingekauft, die ihre Waren in Ländern herstellen lassen, von Billigarbeitskräften. Da kommt die Qualitätsware aus dem Weihnachtsland mit den höheren Preisen nicht gegen an.« Er rieb sich den weißen, langen Bart.

»Willst du nicht mehr der Weihnachtsmann sein?«

»Ich bin unsicher.«

Ella war dem Vater dankbar für seine ehrlichen Antworten. Die Mutter kam zurück mit dem Nachtisch für ihren Mann, Linus uns sich selbst. Das Gespräch war für den Moment unterbrochen. Ella überlegte, wie sie dem Vater helfen könnte wieder Freude am Weihnachtsmanndasein zu verspüren. Später setzten sich alle ins Wohnzimmer, tranken einen alkoholfreien Punsch, der nach Nelke und Zimt duftete. Ella pustete an der Tasse, bevor sie den ersten Schluck zu sich nahm. Sie sah sich um, im gesamten Haus hatte sich nichts verändert. Der alte Lehnsessel für den Vater, die gemütliche Couch, die vielen bunten Kissen, die alten Perserteppiche. Das Zimmer war geschmückt mit Tannenranken, bestückt mit bunten Lichterketten, Kugeln in allerlei verschiedenen Farben. Der Weihnachtsbaum würde erst in der Heiligen Nacht aufgestellt werden. Auf den Anrichten standen Tannengestecke mit Kerzen, die angezündet waren und tanzende Schatten an die Wände warfen.

»Vater«, sagte Linus, »ich habe Ella gebeten herzukommen, das wisst ihr und wir sollten besprechen, was aus dem Weihnachtsland wird. Meine Einstellung kennt ihr, ich bin sofort bereit, das Amt zu übernehmen, wenn du Vater, mir die Erlaubnis dazu erteilst.«

»Die Tradition sieht es anderes vor«, sagte die Mutter.

»Da hast du ganz recht«, sagte der Vater, dann wandte er sich an Ella. »Wärst du bereit die Nachfolge anzutreten?«

Ella schüttelte den Kopf. »Ich wollte es schon früher nicht und jetzt auch nicht«, sagte sie.

»Dann ist hiermit das Ende des Weihnachtslandes beschlossen«, verkündete der Vater. Linus sprang vom Stuhl auf. »Das kannst du nicht machen, Vater. Ich liebe es hier zu leben, mit den Elfen zusammen zu arbeiten und die Fahrten auf die Erde würde ich liebend gerne übernehmen. Es ist mein sehnlichster Wunsch. Bitte schlage ihn mir nicht aus.«

»Das geht nicht, mein Junge. So sehr ich es auch wollte. Ella ist die Einzige, die das Land aus der Krise führen könnte. Du weißt doch, dass sich die Elfen querstellen.

Obwohl ihnen ein männlicher Weihnachtsmann zusagen würde, denn es hat noch nie eine Weihnachtsfrau gegeben. Somit liegt es an Ella.« Der Vater sah seine Tochter wieder an.

»Da stimme ich dir nicht zu, Vater. Denn auch du könntest es retten, du willst nur nicht mehr, aus nichtigen Gründen. Es gibt im Laufe der Zeit immer wieder Veränderungen. Nichts bleibt, wie es immer war, das gehört zum Leben dazu.« Ella stand auf und ging zur Anrichte, holte drei Bilderrahmen, die dort zur Dekoration standen.

»Schau, auf den Bildern siehst du, dass sich auch in deinem Land etwas verändert hat. Damals gab es viel mehr Schneemassen, die Tannenbäume waren klein, sind im Laufe der Zeit gewachsen, es gab eine einzige nicht besonders große Hütte, um Spielzeug herzustellen, ein paar Holzhäuser für die Elfen. Und hier auf diesem Foto«, Ella hielt es dem Vater hin, »dort ist ein ganzes Elfendorf zu sehen und ein enormes Fabrikgelände.«

Der Weihnachtsmann grummelte Unverständliches in seinen Bart. Ella wusste dieses Zeichen zu deuten, der Vater hatte verstanden, was sie ihm damit zeigen wollte, konnte es jedoch nicht zugeben.

»Noch Punsch?«, fragte die Mutter. Wahrscheinlich wollte sie die Stille, die Einzug gehalten hatte, damit auflockern. Ella schüttelte den Kopf. Der Vater winkte ab und Linus hielt der Mutter seinen Becher entgegen. Sie schüttete ein.

»Ich mache einen Vorschlag, wir gehen schlafen, denn ich bin müde, von der Flugreise mit dem Rentier und morgen in aller Frühe setzen wir uns zusammen und

arbeiten einen Plan aus. Seid ihr damit einverstanden?«
Sie sah in die Runde und jeder nickte vor sich hin.

Am Morgen gab es keine gütige Entscheidung. Der Vater beharrte weiterhin darauf, wenn die Produktion anlaufen sollte, dann nur unter Ellas Leitung. Linus könnte ihr dabei hilfreich zur Seite stehen. Ellas Hoffnung, nach dem Gespräch sofort die Rückreise antreten zu können, löste sich in Luft auf. Auf der einen Seite wollte sie so schnell als möglich zurück in ihr irdisches Leben, auf der anderen, konnte und wollte sie die Kinder nicht enttäuschen, die an den Weihnachtsmann glaubten.

»Gut, ich gebe klein bei. Dieses eine Mal!«, sagte sie klar und deutlich. Linus atmete tief durch. Der Vater grummelte mal wieder in seinen Bart und die Mutter klatsche freudig in die Hände.

»Linus, kannst du die Elfen zu einer Versammlung zusammenrufen«, bat sie den Bruder, der sofort aufsprang und den Wunsch ausführte. Als er gegangen war, richtete sich Ella an den Vater, beugte sich ein Stück zu ihm hinüber. »Ich möchte, meinen Vater, den Weihnachtsmann zurückhaben. Den Mann, der mit ganzem Herzen seit vielen Jahren den Kindern und den Erwachsenen Freude schenkt. Das ist mein Ziel und ich gebe alles, um es zu erreichen. Ich habe auf der Erde gelernt mich in meinem Beruf durchzusetzen. Es war nicht immer einfach, schon allein daher, dass ich niemandem erzählen kann, wo ich eigentlich zur Schule gegangen bin. Mach dir bitte bewusst, dass ich alles dransetzen werde, mein Ziel zu erreichen.« Sie lächelte den Vater an.

»Du drohst mir?«, sagte er, jedoch in einem freundlichen Ton.

»Ich möchte, dass die Tradition nicht von irgendwelchen anderen Erdenunternehmen zerstört wird und dadurch du ...« Sie sprach den Satz nicht zu Ende. Drehte sich ab, zog sich den warmen Umhang an und ging hinaus und somit hinüber zum Fabrikgebäude. Sie wollte sich einen definitiven Überblick verschaffen. Vor der Tür stieß sie mit Finn zusammen, rutschte aus. Im letzten Moment fing er Ella mit seinen Armen auf.

»Na, das nenne ich ja mal eine Überraschung.« Er hielt sie weiterhin fest und lächelte sie mit seinen blaustrahlenden Augen an. Ella befreite sich, strich sich den Mantel glatt. »Danke, dass du mich vor dem Hinfallen gerettet hast.«

»Als Linus mir erzählte er würde nach dir rufen, hätte ich niemals gedacht, dass du kommst.« Er rieb sich die kalten Hände.

»Ich auch nicht«, gab Ella ehrlich zu. »Doch nun bin ich da und gerade auf dem Weg mir in der Fabrik einen genauen Überblick zu verschaffen. Magst du mitkommen?«

»Dort wollte ich gerade hin. Willst du dich einhaken, vielleicht bist du es nicht mehr gewohnt auf vereistem Schnee zu gehen«, neckte er sie. Das hatte Finn schon als Kind und später als Teenager gerne gemacht. Doch dann war die Zeit gekommen, als sich Finn in Ella verliebte und sie seine Gefühle erwidert hatte. Sie waren für ein Jahr lang ein Paar, bis Ella den Drang verspürte, dass es ihr im Weihnachtsland alles zu eng wurde. Finn ließ sie damals ziehen und hatte sich seitdem niemals mehr in eine andere Frau verliebt. Als Ella neben ihm ging, kamen all die alten Gefühle auf, die er weit in die hinterste

Ecke seines Herzens geschoben hatte. Er unterdrückte ein tiefes Durchatmen, das hätte ihn sicherlich verraten.

»Wie geht es dir?«, fragte Ella.

»Gut«, antwortete er kurz, zu gewaltig überrannten ihn die Gefühle. »Und dir, dort unten auf der Erde?«

»Könnte nicht besser sein. Ich bin froh, wenn ich zurückfliegen kann.« Ella öffnete das Tor zur Fabrik und gestand sich ein, dass es im Hellen noch trostloser aussah als am gestrigen Abend. Es musste dringend etwas geschehen. Sie würde die Elfen bitten aufzuräumen, damit bald mit der Produktion begonnen werden konnte.

»Das bedeutet, du bleibst ganz kurz hier?«, fragte Finn und spürte einen Schmerz in der Herzgegend. Er war lange noch nicht über seine große Liebe hinweggekommen, stellte er im Stillen fest.

»So bald als möglich bin ich weg.« Ella band sich ihre braunen langen Haare mit einer Spange zusammen, die sie aus der Manteltasche gezogen hatte. Kurz darauf kam Linus mit den Elfen in die Halle. Ella stellte sich auf eine Kiste, damit auch alle, bis in die letzte Reihe sie sehen und verstehen konnten.

»Liebe Elfen, wie ihr mitbekommen habt, fühlt mein Vater sich in diesem Jahr nicht in der Lage, die Leitung zu übernehmen. Ich werde mir im Anschluss der Besprechung einen Überblick über die Aufträge verschaffen. Ich möchte, dass die Post gelesen und die Bestellungen in die Listen eingetragen werden. Sobald ich mir ein Bild gemacht habe, werden wir mit der Produktion anfangen. Bis dahin bitte ich euch, in der Fabrik Ordnung herzustellen, damit wir keine Zeit mehr verlieren. Sobald alles geregelt ist, wird mein Bruder den Rest übernehmen und ich nach Hause fliegen. Hat jemand Fragen?« Sie sah in die Runde. Stumme Gesichter blickten sie an. Keiner rührte sich, nicht ein einziger Elf gab einen Laut von sich.

»Was ist denn los?«, fragte sie. Der Bürgermeister der Elfen trat hervor.

»Wir werden nicht Tag und Nacht arbeiten, alles fertigen und dann kommt der Weihnachtsmann weiterhin auf die Idee, die Auslieferung nicht persönlich auszuführen, und du bist dann weg und alles war umsonst. Nein, da sind wir uns alle einig, das möchten wir nicht.« Nun meldeten sich andere Elfen zu Wort und bestätigten die zuvor getroffene Aussage des Bürgermeisters.

»Mein Vater wird bis dahin seine Meinung geändert haben«, sagte Ella, jedoch mit Unsicherheit in der Stimme.

»Und wenn nicht?« Wieder trat absolute Stille ein. Ella dachte angestrengt nach, sah erst zu Finn, dann zu Linus und erkannte, dass an der Tür der Vater und die Mutter standen. Sie kamen gerade herein. Ella fühlte sich in die Ecke gedrängt. Spürte die Enge, die sie damals bereits empfunden hatte. Sie suchte den Blick des Vaters, hielt ihm stand.

»Dann werde ich die Auslieferung übernehmen«, sagte sie kleinlaut. Schreie der Freude schallten ihr entgegen. Sie sah weiterhin dem Vater in die Augen. Der stumm nickte, sich umdrehte und die Fabrik verließ.

Verdammt!, dachte Ella, was habe ich da gemacht. Ich wollte mich auf keinen Fall darauf einlassen. Ich kann die Menschen verstehen, die sich ihre Geschenke lieber günstiger wo anders besorgten als beim Weihnachtsmann höchst persönlich. Der für die meisten Menschen überhaupt nicht existierte.

»Finn, kommst du. Ich würde gerne mit dir ein paar Dinge besprechen.« Forsch schritt sie aufs Büro zu.

»Erst werde ich die Elfen einweisen und komme dann zu dir«, gab er Ella zur Antwort, die sich bereits außer Hörweite befand.

»Da bist du ja endlich«, moserte Ella und gab Finn ein Handzeichen sich zu setzen. »Bist du immer noch der Werbefachmann fürs Weihnachtsland oder hast du deinen Beruf im Laufe der Jahre gewechselt?« Sie blickte kurz von einem Stapel Unterlagen auf.

»Die Werbung unterliegt mir«, gab er zur Antwort.

»Dann schlag mal vor, wie wir auf die Schnelle, die Werbung in den Fernseh- und Radiosendern auf der Erde ausstrahlen lassen können. Ich gehe davon aus, dass ihr immer noch mit denen zusammenarbeitet, oder?«

»Mit manch einem Sender hat sich dein Vater angelegt, in diesem Jahr«, bekannte Finn.

»Der Grund dafür?«

»Die Produzenten verlangten nach Erneuerungen, dein Vater hielt stur an den alten Versionen fest.« Er schlug die Beine übereinander, verschränkte die Arme vor der Brust. Ella dachte nach, dabei kaute sie auf der Unterlippe.

»Hast du neue Ideen entwickelt?«

»In Gedanken ja, doch nichts Konkretes erstellt.«

»Dann lass mich mal deine Einfälle hören.« Ella setzte sich gemütlich im Stuhl zurück, schaukelte. Finn war gerade im Begriff aufzustehen, da klopfte es an der Glastür. Der Postelfe bat um Eintritt. Ella winkte ihn heran.

»Deine persönliche Post von der Erde.« Er reichte Stella einen Stapel Briefe und ein Päckchen. Sie nahm es entgegen, der Elfe verließ den Raum.

»An einem Tag direkt so viel, ich habe einen Nachsendeantrag gestellt. Konnte ja schließlich nicht allen meine momentane Anschrift mitteilen. Das Risiko mit der Post bin ich eingegangen.« Sie schaute die Schreiben durch. Rechnungen von Versicherungen, Reklame und das Päckchen war von Henrik. Sie legte es beiseite, wollte es später öffnen, wenn sie allein war. Sie blickte zu Finn.

»Du strahlst ja richtig, da hat dir wohl jemand Besonderes ein Geschenk gesendet«, stellte er fest.

»Henrik, ich bin seit wenigen Wochen mit ihm zusammen.« Sie strahlte Finn an, über dessen Gesicht sich ein Schatten legte. Er hatte in all den Jahren nie aufgehört Ella zu lieben. Immer gehofft, sie würde eines Tages zurückkommen. Auf den Gedanken, dass sie sich in einen Erdenmann verlieben könnte, war er nicht gekommen. Das hätte er ihr nicht zugetraut, denn sie müsste immer ein Geheimnis in sich tragen, woher sie stammte und wer ihre Eltern wären.

»So, jetzt erzähl mir endlich von deinen Werbeideen«, bat sie Finn. Der räusperte sich, denn er fühlte sich erwischt in seiner Gedankenwelt.

»Ich habe mir überlegt, dass statt eines Aufrufes des Weihnachtsmannes, drehen wir mit den Elfen ein Musikvideo. Von klassischer Musik, Jazz, Volksmusik, Schlager, Hip-Hop, Rock 'n Roll, Ballett bis hin zu Gangstermusik und Rap. Damit sprechen wir fast alle Menschen auf der Welt an. Jeder hat irgendeine Musikrichtung, die ihm am Herzen liegt.« Er ging im Raum auf und ab. Zu nervös sich zu setzen, denn die Erkenntnis, dass Ella anscheinend einen Erdenmann liebte, hatte seine geheimen Sehnsüchte mit einem Schlag zu Nichte gemacht.

»Keine schlechte Idee. Dann setz das bitte um. Wie lange wirst du dafür brauchen? Und bleib bitte mal stehen oder setz dich du machst mich ganz nervös mit dem Hin- und Herlaufen.« Er nahm auf dem Stuhl Platz.

»Eine Woche.«

»Schaff es bitte in zwei Tagen, abgemacht.«

»Das ist unmöglich, so schnell …«

Ella hob die Hand zum Einspruch. »Mach es, zum einen läuft uns die Zeit davon, zum anderen möchte ich so schnell als möglich zurück zur Erde.«

»Du hast doch versprochen die Geschenke am Heiligen Abend …«

»Ich habe gesagt, falls es mein Vater bis dahin immer noch verweigert, dann. Was glaubst du, wem ich später ins Gewissen reden werde? Denn so einfach lasse ich Vater nicht aus der Nummer raus. Er ist der Weihnachtsmann, er ist für das Land verantwortlich und zuständig für alles, was mit Weihnachten zu tun hat.« Ihr atmen war hastig geworden. Sie schenkte sich Wasser aus einer Flasche ins Glas, trank in kleinen Schlucken. Beobachtete dabei Finns Gesicht. Erkannte, dass auf seiner Stirn Falten lagen und er traurig schaute. Es kam ihr vor, als würde über seinen blauen Augen, die in ihrer Erinnerung immer gestrahlt haben, ein Vorhang liegen. Eine lange Zeit ist es her, als wir uns geliebt haben, dachte sie. Dann fragte sie sich, ob sie das gleiche für Henrik empfand, wie damals für Finn und gestand sich ein, dass es eine ziemlich abgeschwächte Version von Empfindung war. Sie erschrak bei dem Gedanken, zuckte zusammen.

»Was ist?«, fragte Finn, der sie die ganze Zeit beobachtete.

»Ach nichts, mit ist da nur etwas eingefallen«, wich sie ihm aus.

»So wie du gezuckt hast, war es wohl nichts Gutes.« Ella strich sich eine Strähne aus dem Gesicht und vertiefte sich in die Unterlagen fürs Weihnachtsgeschäft.

»Ich denke, es ist alles besprochen.« Finn ging aus dem Raum, er war sich sicher, im Moment war er nicht mehr gefragt. Erst als er die Tür hinter sich schloss, sah Ella auf und schaute ihm hinterher. Er hatte eine tolle Figur, sie ging davon aus, dass er weiterhin regelmäßig Sport betrieb. Ein leichtes Kribbeln machte sich in ihrem Bauch breit.

Das geht nicht! Reiß dich zusammen!, mahnte Ella sich stumm. Dann nahm sie Henriks Paket und packte es aus. Ihre Lieblingsschokolade kam zum Vorschein. Sie lächelte und faltete den kleinen Zettel auf, der dabei lag.

Ich vermisse dich jetzt schon, stand dort, mit einem Herzchen unterschrieben.

Ella atmete tief durch. Sobald es geht, muss ich zurück in mein Leben, dachte sie und vertiefte sich ins Sortieren der Akten.

Nach fünf Tagen hatte Finn gemeinsam mit den Elfen ein Musikvideo zusammengestellt. Ella war begeistert, der Weihnachtsmann murrte herum, verzog sich nach einer Kostprobe des Films ins Haus und bat darum, dass er mit

solch einem Kitsch nicht mehr behelligt werden möchte. Seine Frau fand die Zusammenstellung der unterschiedlichen Musikrichtungen hervorragend gelungen und Linus war freudig überrascht über die Talente der Elfen und Finns technische Begabung. Das Video wurde mehrfach kopiert und den Sendern auf der Erde zukommen gelassen. Nachdem in der Fabrik aufgeräumt und gesäubert worden war, machten sich die Elfen an die Herstellung der Geschenke.
Täglich warteten sie auf mehr Wunschbriefe und nach drei Tagen Ausstrahlung im Fernsehen und im Radio musste der Postbote mehrfach am Tag den Kasten leeren. Und jeden Tag lag ein Geschenk von Henrik für Ella dabei. Vor lauter Arbeit war sie nicht dazu gekommen, ihm zu antworten oder ihn anzurufen. Er selbst schickte nur Post und hatte es bis jetzt unterlassen sie telefonisch zu kontaktieren. Im Stillen war Ella ihm dankbar dafür. Ihr wuchs langsam die Arbeit über den Kopf und noch mehr, dass der Vater sich weiterhin zurückzog und es zügig auf Heiligabend zuging. Angestrengt überlegte Ella, wie sie den Vater aus seinem Tief herausholen konnte, doch ihr fiel nichts Gescheites dazu ein. Und sie beschäftigte noch ein anderes Problem, das an und in ihr nagte. Finn! Sie arbeiteten eng miteinander und jedes Mal, wenn er sich in ihrer Nähe befand, machten sich Schmetterlinge in ihrem Bauch bemerkbar, die sie immer wieder zu unterdrücken versuchte. Sagte sich, dass es alles nur Einbildung sei und sie Henrik lieben würde. Sobald sie diesen Gedanken fasste, musste sie sich sofort selbst Lügen strafen. Denn die Gefühle, die Ella für Finn empfand, waren mit den Empfindungen für Henrik nicht

zu vergleichen. Bei Weitem nicht! Doch sie wusste auch, dass ihr Leben auf der Erde stattfand und nicht im Weihnachtsland und daran wollte sie nichts ändern.

An einem Tag kam ein Brief von der Erde und Ella wusste, dass dieser die Antwort darauf war, wie sie den Weihnachtsmann umstimmen konnte. Sie las sich die Zeilen eines Jungen öfters durch. Dann fasste sie den Entschluss, dieses Schreiben dem Vater vorzutragen und machte sich sofort auf den Weg zu ihm. Er saß im Wohnzimmersessel und las in einem Buch. Als Ella eintrat, schaut er auf, legte es zur Seite.

»Vater, du möchtest nicht mehr Weihnachtsmann sein, weil niemand so richtig diesen …«

»Hör auf, darüber haben wir, seitdem du hier bist geredet. Du lässt ja keinen Tag aus, beim Essen davon anzufangen.« Er zog sich die Brille von der Nase. Ella hielt ihm den Brief entgegen. »Schau mal, das schreibt ein Junge im Alter von sechzehn Jahren. Er hat die Lyrik eines Gangster-Raps niedergeschrieben und zwar auf dich bezogen.«

Der Weihnachtsmann nahm das Schreiben entgegen, setzte die Brille auf und fing an zu lesen: »Hey du alter, toller Typ …« Als er fertig war sah er erstaunt auf und zu Ella, die sich in der Zwischenzeit aufs Sofa gesetzt hatte.

»Und?«

»Ja, was und?«

»Meinst du nicht, es ist an der Zeit, dass du dich ein wenig fit machst und mit anfasst, damit wir bis zum Weihnachtsabend alles schaffen.«

»Du willst ja nur zurück zur Erde«, gab er von sich.

»Ich bin schon länger hier, als gewollt, das stimmt, doch wir haben ein Problem, und zwar mit das größte.« Sie hatte bis dahin geschwiegen es irgendjemandem zu sagen. Nur Ella allein hatte in der Nacht öfters versucht, mit den Rentieren, für den nächtlichen Flug zu üben. Doch die Tiere hörten nicht auf ihr Kommando. Bis jetzt wollte sie sich vor niemandem die Blöße geben, doch nun war es an der Zeit, es dem Vater unter die Nase zu reiben.

»Und das wäre?«

»Die Rentiere, sie möchten die Reise nicht mit mir antreten. Sie hoffen auf dich und verweigern sich mir gegenüber«, gab sie mit gesenktem Kopf zu verstehen.

»Wie kommst du denn auf die Idee?«

»Ich habe heimlich mit ihnen jede Nacht geübt, wenn das Weihnachtsland bereits im Schlaf lag.«

Der Vater nickte. »Du hast recht, das ist ein wahres Problem und lässt sich nicht einfach lösen.«

»Doch, ganz einfach, indem du endlich wieder tätig wirst, zu was du berufen worden bist.«

»Ich denke darüber nach. Lass mich mal allein«, bat der Vater und ohne ein Wort zu erwidern verließ Ella mit Tränen in den Augen den Raum. In der Nacht zog ein gewaltiger Sturm über das Weihnachtsland. Die Holzläden klapperten, sodass Ella keinen Schlaf fand. Sie stand auf und ging in die Küche. Zum Glück war der Ofen noch nicht ganz ausgeglüht. Sie rieb sich die Arme. Dann bereitete sie sich eine heiße Schokolade mit einem Schuss Amaretto zu. Sie hörte, wie der Wind ums Haus pfiff. Ella nahm die Tasse mit in ihr Zimmer, legte sich ins Bett und trank langsam den Kakao. Finn schlich sich in ihre

Gedanken. Am Nachmittag hatte er versucht sie mit einem seiner Witze zu erheitern. Ella lächelte. Die Tasse war leer, sie stellte sie auf den Nachtisch, schaltete das Licht aus und fiel in einen unruhigen Schlaf.

Einen Tag später, nachdem es an der Tür geklopft hatte, öffnete Ella und wäre bald vor lauter Schreck in Ohnmacht gefallen. Sie konnte sich gerade noch am Türrahmen festhalten.

»Was machst du denn hier?«, fragte sie mit letzter Kraft.

»Du hast dich in all der Zeit nicht gemeldet, ich habe mir Sorgen gemacht.« Henrik strahlte sie an. Ella versuchte sich zu fassen, bat ihn in ihr Zimmer und hoffte, die Eltern hätten nichts mitbekommen. Sie drehte den Schlüssel im Schloss um, damit sie ungestört bleiben konnten und ließ sich auf dem Bett nieder.

»Wie hast du herausgefunden, wo ich bin?« Sie sah Henrik an, der sich im Raum umschaute.

»Geschäftliche Beziehungen zum Postdirektor, der mir etwas schuldig war. Der hat mir deine Anschrift verraten. Ich habe mich in einen großen Sack packen lassen und wurde mit der üblichen Post hierher versandt«, gestand er. »Warum hast du mir nicht gesagt, dass du im hohen Norden Familie hast?« Er sah Ella an.

»Hättest du mir denn geglaubt, wenn ich dir erzählt hätte, ich wäre die Tochter des Weihnachtsmannes?«

»Du bist was?« Er baute sich vor ihr auf.

»Du hast mich schon richtig verstanden. Hättest du da noch Interesse an mir gehabt oder mich direkt in die Klinik einweisen lassen.«

»Puh ...«, stotterte Henrik. »Ich weiß nicht, also wer glaubt den heute noch an den Weihnachtsmann und dessen Land am Nordpol.«

»Und wie denkst du nun darüber, denn du befindest dich jetzt genau dort. Glaubst du daran oder hast du das Gefühl, du würdest träumen?«

»Na ja, du bist ziemlich real, somit ist es wahr. Ich befinde mich somit im Weihnachtsland. Toll, als Kind habe ich davon geträumt mal den Weihnachtsmann besuchen zu können und die Elfen. Aber die gibt es sicher nicht, oder?«

Ella nickte.

»Okay, das ist mir dann doch alles ein wenig zu viel des Guten.« Er setzte sich neben Ella. Sie sah ihn von der Seite aus an und stellte fest, dass weder Schmetterlinge noch ein anderes Gefühl ihm gegenüber in ihr aufkam. Rührte es daher, dass sie ihm ein Stück böse war einfach aufzutauchen? Ihr Geheimnis war damit entlarvt. Was für Konsequenzen würde das mit sich ziehen. Würde Henrik es auf der Erde ausplaudern? Sie war sich sicher, er würde, denn solch ein Erlebnis konnte niemand für sich behalten. Nicht mal aus Liebe, falls er diese für sie empfand. Im Grunde war es Ella in dem Moment egal, ob er sie liebte oder nicht, denn sie selbst spürte nichts dergleichen.

»Magst du mir erzählen, was du hier so machst?«, fragte er. Ella blieb nichts anderes übrig, sie wollte nicht lügen, somit erzählte sie ihm die gesamte Wahrheit.

»Du meinst, das Weihnachtsland steht vor dem Aus?« Erstaunen stand ihm im Gesicht, doch Ella erkannte auch ein Funkeln in seinen Augen, ein ... sie konnte keinen geeigneten Ausdruck für dieses Strahlen finden.

»Nun weißt du alles, gehst du zurück zur Erde und machst es publik oder was gedenkst du zu tun?« Ella hoffte im Stillen, er würde ihr schwören alles für sich zu behalten.

»Könnte ich ein paar Tage bleiben und mir alles ansehen?«

»Das bedeutet, du willst meine Eltern kennenlernen?«

»Deinen Bruder, die Elfen eben das ganze Weihnachtsland, wenn ich schon mal hier bin. Damit würdest du mir einen Kindheitstraum erfüllen.« Er rückte näher, wollte Ella in seine Arme nehmen, sie wich zurück.

»Bist du sauer auf mich?« Er nahm ihre Hand, streichelte sanft darüber.

»Ich bin nicht sicher, was ich derzeit fühle. Bleib bitte im Zimmer, ich werde mit meiner Familie erst einmal allein sprechen.« Ella stand auf, öffnete die Tür und ging in die Küche. Dort saß die Familie zusammen zu Mittag. Mit Anspannung erzählte sie ihnen, was vorgefallen war. Entsetzt sahen die Eltern und der Bruder sich an. Dann sprachen sie alle durcheinander. Ella hörte die Worte, dass ihr Freund sicher das Weihnachtsland verraten würde. Nach einer Weile hatten sie sich beruhigt und baten Ella, ihn zu holen.

Die kommenden Tage vergingen. Henrik wurde von allen Einwohnern mit Vorsicht genossen und skeptisch beobachtet, und zwar jeder seiner Schritte. Seit Henriks Erscheinen schien sich Finns Laune stündlich zu verschlechtern. Ella versuchte ihm ständig auszuweichen, traute sich nicht ihm in die Augen zu schauen. Die Gespräche drehten sich ums Arbeiten, zu privaten Worten kam es zwischen den beiden nicht mehr. Eine bedrückende Stimmung schwebte über dem Weihnachtsland, denn jeder einzelne Bewohner hegte Angst, dass Henriks Erscheinen der Verrat für sie bedeuten könnte. Die Elfen gingen der Anfertigung der Geschenke nach, der Weihnachtsmann redete täglich auf die Rentiere ein, dass sie Ella auf die Erde bringen müssten. Doch diese stellten sich stur und sie hatten einen triftigen Grund dafür geäußert, den der Weihnachtsmann mit seiner Tochter besprechen wollte. Nach einem Abendessen bat er sie auf einen Spaziergang durchs Dorf. Henrik wollte sich ihnen sofort anschließen, doch Ellas Vater gab ihm zu verstehen, dass er allein mit seiner Tochter sein wollte. Nach der Abfuhr verließ Henrik den Raum und machte sich auf den Weg in seine Behausung. Er hatte eine Elfenwohnung zur Verfügung gestellt bekommen, denn der Weihnachtsmann duldete nicht, dass er mit Ella in einem Zimmer schlief. Dieser war es recht, denn ihre Gefühle fuhren derzeit mit ihr Achterbahn. Henrik gegenüber waren sie fast auf dem Nullpunkt angekommen und bei Finn, der wortkarg war, gingen sie rauf und runter. Heimlich gestand sie sich ein, dass sie Finn von Herzen liebte und Henrik eher mehr ein Freund war, denn sie mochte. Ella behielt die Gefühle gegenüber Finn geheim, denn sie wollte zurück zur Erde, um dort weiterhin zu leben. Sie hatte überlegt, dann sogar mit Henrik eine Zukunft aufzubauen, auch wenn sie niemals für ihn so empfinden würde, wie für Finn, doch der Wunsch auf der Erde zu leben war tief in ihr verwurzelt. Und Ella wusste, im Leben mussten manche Kompromisse eingegangen werden.

Im Dorf herrschte Stille. Die Elfen lagen längst in den Betten, denn die Arbeitstage waren anstrengend. Windstille und der Vollmond war längst aufgegangen, der eisige Kälte mit sich brachte. Stumm gingen Vater und Tochter nebeneinanderher. Mehrfach sah sich der Weihnachtsmann um, ob Henrik ihnen nicht doch folgte. Erst als er sicher war, dass sie allein waren, brach er das Schweigen.

»Ella, mein Kind«, er wandte sich zu ihr. Ella blieb stehen und sah dem Vater in die Augen.

»Ich weiß, warum die Rentiere nicht mit dir zur Erde fliegen möchten.«

»Sie haben es dir gesagt?« Ella war erstaunt. Seit Wochen versuchte sie mit den Tieren zu üben. Ständig weigerten sie sich. Sie hatte mehrmals gefragt, was sie falsch machen würde, doch keine Antwort erhalten. Und jetzt hatten sie dem Vater den Grund anvertraut?

»Sie spüren, dass du nicht mit dem Herzen bei der Sache bist«, sagte der Weihnachtsmann behutsam. Ella rührte sich nicht vom Fleck und blieb stumm.

Die Tiere haben es gespürt, dachte sie im Stillen und sie haben recht. Im Inneren bin ich dafür, dass das Weihnachtsland ein Ende findet, damit ich nicht in die Verpflichtung genommen werde. Ich habe alles gemacht, was in meiner Macht steht. Nein, du belügst dich selbst. Höre endlich auf damit!, schalt sie sich.

»Magst du nichts dazu sagen?«, fragte der Vater.

»Die Tiere haben es gespürt. Ich bin nicht mit dem Herzen dabei.« Ella bemerkte, dass sich Tränen ihren Weg suchten.

»Du möchtest nicht hierbleiben, das weiß ich, doch könntest du nicht mit dem Herzen fühlen, dass das Land weiter bestehen bleibt?«

»Dann könnte ich niemals mehr weg«, gab sie kleinlaut zu.

»Dann müssen wir eine Lösung finden.«

»Du bist doch selbst nicht mit dem Herzen dabei in diesem Jahr«, warf sie dem Vater vor. Der kratzte sich an seinem weißen langen Bart. »Das stimmt. Eigentlich darf ich dir keine Vorwürfe machen.« Auf einmal spürte er eine Müdigkeit in sich aufkommen. »Lass uns zurückgehen. Ich bin erschöpft. Du hast mir die Augen geöffnet, dass ich dir keine Vorhaltungen machen darf, wenn ich selbst damit angefangen habe, das Land in den Ruin zu treiben.« Er hakte sich bei Ella ein. Sie gingen, ohne ein weiteres Wort zu sprechen, zurück zum Haus und dort ihn die jeweiligen Schlafräume.

Die Stimmung am Frühstückstisch war bedeckt. Ella sah zum Vater, der, seit Längerem den Zucker im Kaffee umrührte und dabei starr vor sich hin schaute. Die Mutter bereitete Pfannkuchen zu und Linus hatte einen äußerst besorgten Gesichtsausdruck. Ella nahm sich gerade eine Scheibe Brot, als Henrik in die Küche trat.

»Guten Morgen«, grüßte er in die Runde. Er beugte sich zu Ella hinunter und gab ihr einen Kuss auf die Wange. Gleichzeitig legte er eine Mappe auf den Tisch, dann zog er sich einen Stuhl hervor und schüttete sich Kaffee aus der Kanne ein. Niemand sprach ein Wort, die am Tisch sitzenden beschäftigten sich, mit gesenktem Kopf, mit dem, was sie auf dem Brettchen hatten. Die

Mutter stellte den Herd aus und kam mit einem Teller voller Pfannkuchen an den Tisch. Plötzlich räusperte sich Henrik und alle Augen waren auf ihn gerichtet.

»Ich habe eine Idee, dieses Weihnachtsland zu retten«, meinte er und schlug die Mappe auf.

»Ich denke, du überschreitest erheblich deine Kompetenzen«, sagte der Weihnachtsmann mit strengem Blick.

»Ich möchte helfen, damit keiner vor dem Aus steht.« Er hob einen Zettel hoch. »In der Nacht habe ich ein Konzept ausgearbeitet, das wird das Land auf weite Sicht vor dem Konkurs bewahren und ihr könntet alle wohnen bleiben.«

Stutzig schaute Ella ihn an, jedoch war sie neugierig, was Henrik zu sagen hatte. Es lag nicht an ihr, ihm die Sprecherlaubnis zu erteilen. Sie blickte den Vater an, zuckte mit den Schultern, als er sie ansah.

»Dann lass mal hören, Henrik, was du dir da ausgedacht hast.« Der Weihnachtsmann nahm sich einen Pfannkuchen, strich dick Honig darüber.

»Adventure Weihnachtsland, habe ich mein Projekt betitelt. Von mir aus könnt ihr es auch Erlebnisreise Nordpol und sonst wie nennen.« Er sah von einem zum anderen und blickte in skeptische Gesichter.

»Was darf ich mir darunter vorstellen?« Wieder gab der Weihnachtsmann ihm die Erlaubnis weiterzusprechen.

»Wenn ich es geschafft habe in einem Postsack herzukommen, so könnten wir es allen Menschen anbieten, die dann hier im Land Urlaub machen. Mit Rentierschlittenfahrten, Seminare zum Herstellen von Geschenken, Elfensprache erlernen, Grillabende am Nordpol mit kleinem Weihnachtsmarkt, Abendessen mit dem Weihnachtsmann, romantische Dinner im Weihnachtshaus und vieles mehr. Es müssten Hotels errichtet werden, kleine Apartmentanlagen mit Wellnessbereich, Skipisten für Langlauf und Rodelspaß und für den Abend ein Spielcasino, aus dem die Gewinne steuerfrei mit auf die Erde genommen werden können. Ich habe bereits eine Liste mit Investoren erstellt, die sicher bei diesem Projekt ihr Geld anlegen würden.« Henrik klappte die Mappe zu, seine Augen strahlten freudig, doch niemand gab eine Reaktion ab. Die Familie saß wie erstarrt vor ihm.

»Ich gehe davon aus, dass ihr vor lauter Begeisterung im Moment nichts dazu sagen könnt. Denn mein Plan ist genial und ich könnte mich sofort daran begeben ihn genauer auszuarbeiten …«

»Hör auf!«, schrie der Weihnachtsmann. Er war aus der Starre erwacht. Ella zuckte zusammen. Was hatte sie bloß angerichtet. Sie war es, die mit Henrik Kontakt pflegte, der ihr gefolgt war, und somit trug sie die Schuld an allem, was auf das Land nun zukommen würde.

»Entschuldigung, aber ich muss mich von dir nicht anbrüllen lassen.« Henrik hielt dem Blick des Weihnachtsmanns stand.

»Das ist mein Land, ich denke, junger Mann, da hast du etwas falsch verstanden. Du bist derzeit bei uns geduldet, du hättest nicht herkommen dürfen. Das war schon eine Unverfrorenheit zu viel des Guten. Wir haben dir eine Unterkunft gegeben, um erst einmal mit der Situation klar zu kommen, einen Erdenmenschen bei uns zu haben. Jemanden, der das Land verraten könnte. Und das Henrik, genau das hast du vor. Du willst den Menschen das Land zugänglich machen, du willst unsere Ruhe, unseren Frieden vermarkten. Hotels bauen und was weiß ich noch alles. Sag mir bitte, was das damit zu tun hat, das Land zu retten.« Der Weihnachtsmann stand auf und ging auf Henrik zu, der sich ebenfalls vom Stuhl erhob.

»Ihr braucht Geld, darum geht es«, gab er seine Meinung kund.

»Geld? Das hat nichts mit Geld zu tun. Es geht um Tradition, um den Glauben an etwas, was im Grunde niemals jemand zu sehen bekommt und es doch existiert. Du konntest dich ja selbst davon überzeugen, dass wir real sind.«

»Das habe ich und ihr könntet mehr daraus machen, mehr Menschen daran teilhaben lassen. Es ist egoistisch von euch, wenn ihr es nicht macht.« Er fuhr sich mit der Hand durchs Haar.

»Du kapierst es nicht«, mischte sich Ella ein. »Wir möchten den Menschen Freude an einem besonderen Tag im Jahr bringen. Christus Geburtstag. Wir möchten ihnen zeigen, ihr seid nicht allein, ihr dürft an etwas glauben, festhalten, auch wenn es nicht sichtbar für euch ist. Wir möchten Liebe, Zuversicht und Hoffnung auf die Erde bringen.« Erst jetzt bemerkte Ella, dass ihr Tränen über die Wangen liefen. Sie wischte sie mit dem Handrücken weg.

»Und ihr schlagt Kapital daraus. Mit meiner Idee könntet ihr Millionäre werden, euch würde nichts mehr wehtun.« Er trat auf sie zu. Ella wich ihm aus, denn in der Zwischenzeit hatte auch sie sich hingestellt.

»Wir brauchen in unserem Land persönlich kein Geld.

Wir versorgen uns selbst, mit dem, was wir haben und das Geld ist nur dafür da, Werkzeuge, Rohstoffe oder neue Maschinen anzuschaffen, damit wir die Produktion am Laufen halten können. Ansonsten fehlt es uns an nichts. Reichtum hat seit Jahrhunderten niemanden im Weihnachtsland glücklich gemacht. Die Liebe zu Weihnachten und die Freude beim Beschenken, das ist unser innerlicher Reichtum. Und du kommst her, ohne dass ich dich darum gebeten habe, spionierst mir hinterher und dann willst du zurück auf die Erde und unsere Existenz verraten. Habe ich mich so sehr in dir getäuscht? Du hast mich auf Händen getragen, beschenkt und warst stets zuvorkommend zu mir. Erst jetzt erkenne ich deinen wahren Charakter, der aus Dollarzeichen besteht.« Sie ging auf den Vater zu.

»Na, du bist nicht die richtige Person, die mich in die Schranken weist. Wieso lebst du denn auf der Erde?« Er sah Ella tief in die Augen. Sie schluckte. Im Grunde traf er damit einen wunden Punkt. Schnell schob sie den Schuldgedanken weg, baute sich auf und sagte: »Wir brauchen niemanden, der das Land rettet, nicht wahr, Vater? Das schaffen wir allein!« Sie sah ihm in die Augen und spürte, dass ein Rütteln durch seinen Körper ging.

»Linus, sperr Henrik ins Elfenhaus ein.«

Bevor Henrik weglaufen konnte, holte ihn Linus ein, griff ihn am Arm, drehte ihn um und zog ihn aus dem Haus. Henrik schrie, was das Zeug hielt, doch Linus ließ ihn nicht los. Vor der Tür trafen sie auf Finn.

»Hilf mir, wir müssen ihn wegsperren.«

Finn stellte keine Fragen, griff sofort mit zu. Der Typ war ihm eh nicht geheuer.

»Vater, es tut mir so leid«, weinte Ella. Die Mutter kam auf sie zu, zog sie in die Arme, strich ihr beruhigend über den Rücken.

»Dich trifft keine Schuld, du konntest doch nicht wissen, dass Henrik dir hinterherreist.« Er kratzte sich am Bart. »Eigentlich kann ich ihm dankbar sein, er hat mich aufgerüttelt mit seiner Vermarktungsidee. Niemals würde ich das zulassen. Also mache ich mich sofort an die Arbeit, in drei Tagen ist Heiliger Abend, bis dahin ist reichlich zu tun.« Er zog sich seinen roten warmen Mantel über und ging flotten Schrittes hinüber zur Fabrik. Ella und die Mutter sahen ihm an der Tür nach. Der Himmel leuchtete in verschiedenen Rottönen. Lange hatte Ella einen solch wunderschönen Anblick nicht mehr gesehen. Sie fühlte sich gestärkt und sicher.

»Und was machen wir mit Henrik? Den können wir nicht ewig eingesperrt lassen«, meinte Ella.

»Ich habe eine Idee. Wir haben eine Kräuterelfe unter uns. Sag es bloß nicht deinem Vater, der hält nichts davon. Doch ich könnte mir gut vorstellen, dass sie aus einem Sud Tropfen herstellen könnte, die Henrik die letzten Tage vergessen machen könnten. Dann liefern wir ihn in seinem Zuhause ab und er wird erwachen und denken, er hätte alles nur geträumt.«

»Und was machen wir, wenn er mich dann wiedersieht?«, fragte Ella.

»Das muss er sogar, denn dann kannst du ihm glaubhaft machen, dass er alles nur geträumt hat. Ich mache mich auf den Weg zur Kräuterelfe, räumst du den Tisch ab?« Die Mutter zog sich Schal und Mütze, sowie den dicken warmen Mantel über, stieg in die Winterstiefel, gab der Tochter einen Wangenkuss und schon war sie aus der Tür. Ella atmete tief durch. Hoffentlich klappt alles, wie die Mutter sich das vorstellte.

Ella steckte die kleine Flasche mit den Tropfen in die Hosentasche, damit sie nicht verloren gehen konnte und sie griffbereit war. Aufgerüttelt durch Henriks Investmentidee war der Weihnachtsmann mit vollem Elan ins Nordpollandgeschehen eingestiegen. Er hielt die Zügel wieder in den Händen. Gemeinsam mit Ella ging er zu Henriks Unterkunft, denn er wollte ihn und seine Tochter zurück zur Erde senden.

»Jetzt wäre ich doch lieber noch geblieben«, gestand Ella dem Vater.

»Das geht nicht, wir müssen Henrik zurück in seine Umgebung bringen und ich hoffe, er lässt sich auf den Deal ein, dass er Stillschweigen bewahrt und wir ihn dafür ziehen lassen.« Der Vater öffnete die Tür. Linus hatte Henrik ins Wohnzimmer eingeschlossen. Als der Weihnachtsmann in den Raum trat, saß er auf der Couch und fing sofort an zu protestieren.

»Ihr könnt mich nicht einfach festhalten. Das ist Freiheitsberaubung!«, schrie er.

»Das werden wir nicht. Hier«, der Weihnachtsmann überreichte ihm ein Dokument, »lies es dir durch. Wir fordern dich dazu auf, Stillschweigen über das Weihnachtsland zu halten, wenn nicht …«

»Was dann? Ihr könnt mich nicht auf ewig gefangen halten.« Er nahm das Schreiben entgegen, überflog die Zeilen.

»Ihr tickt doch nicht sauber. Ich soll, wenn ich euch

verrate, eine Strafe in Höhe von einer Million Euro zahlen? Vorher soll ich denn das Geld nehmen? Obwohl ...« Er hielt kurz inne. »Wenn meine Geschäftsidee aufgeht, dann könnte ich das aus der Portokasse bezahlen.« Er grinste fies.

»Dazu müsste ich erst mal enteignet werden. Und dazu werde ich es nicht kommen lassen«, erwiderte der Weihnachtsmann. »Ella wird dich auf die Erde zurückbringen. Unterschreibe und ihr könnt sofort abreisen.«

Ella hatte ein schlechtes Gefühl. Henrik schien nie von der Idee abzukommen. Sie sah, wie er unterschrieb, doch bemerkte sein hämisches Lächeln dabei. Ella fühlte sich an die Tasche, das Fläschchen musste die Rettung sein. Sie hatte Henrik gemocht, doch die Zuneigung war umgeschlagen. Sie war froh, zuvor noch keine tiefere Beziehung eingegangen zu sein. Jetzt musste sie ihm vorspielen, dass sie weiterhin an ihm interessiert sei, solange bis sie sichergehen konnte, dass er davon überzeugt war alles nur geträumt zu haben.

»Ich freue mich, mit dir zurück auf die Erde zu reisen. Ich wollte von Anfang an nicht lange hierbleiben, mir gefällt es dort unten besser«, sagte sie und als Henrik gerade wegschaute, zwinkerte sie dem Vater zu. Er wusste, dass Ella ihr Herz am richtigen Fleck und sich dem Weihnachtsland, der Tradition geöffnet hatte.

Finn hatte zwei Rentiere für sie bereitgestellt. Er fühlte Traurigkeit in sich, dass Ella abreiste. Als sie den Stall betrat, ging er auf sie zu.

»Kann ich dich kurz im Büro sprechen, ich komme da mit einem Auftrag nicht klar, den du angenommen hattest«, sagte er.

»Ich bin gleich zurück, Henrik.« Nebeneinander gingen Finn und Ella zum Fabrikgebäude, dort ins Büro. Die Maschinen arbeiteten auf Hochtouren, die Elfen eilten von einer Seite der Fertigungshalle zur anderen. Ella fühlte Wehmut, dass sie nun gehen musste. Riss sich dann zusammen und fragte: »Welcher Auftrag?«

»Das war ein Vorwand. Ich wollte dich kurz sprechen.« Finn kratzte sich am Kopf. Er fand nicht die richtigen Worte, dabei hatte er es sich zuvor genau überlegt, was er Ella sagen wollte.

»Um was geht es?« Ella sah ihm in die blauen Augen.

»Du wirst mir fehlen«, kamen die Worte mit belegter Stimme über seine Lippen.

Ella nickte. »Du mir auch. Wir haben gut zusammen gearbeitet und seit gestern weiß ich, dass ich mir immer etwas vorgemacht habe. Ich liebe das Weihnachtsland, aber ich gebe zu, dass ich auch gerne auf der Erde lebe.«

»Kommst du zurück?«

Ella überlegte kurz, horchte tief in sich hinein.

»Sobald ich Henrik davon überzeugen konnte, dass er das alles nur geträumt hat.«

Finns Augen leuchteten auf. »Du meinst, es könnte sein, dass du noch vor Weihnachten kommen wirst?« Hoffnung keimte in ihm auf.

»Ich hoffe, und ich werde dann eine Zeit lang bleiben und überlegen, wo ich in der Zukunft leben möchte.« Sie lächelte ihn an.

»Ich würde mich sehr darüber freuen, Ella.« Er ging auf sie zu und nahm sie in den Arm. Sanft fanden sich ihre Lippen zum Kuss. Dann befreite sich Ella.

»Ich muss, wir dürfen Henrik nicht skeptisch werden lassen. Er muss glauben, ich würde mit ihm gehen, weil ich ...« Sie stoppte. Finn legte einen Finger auf ihre Lippen. »Ich liebe dich«, flüsterte er. Dann ließ er Ella frei. An der Tür drehte sie sich um. »Könntest du dir vorstellen auf der Erde zu leben und im Weihnachtsland?«

Bevor Finn antworten konnte, hatte sie sich bereits umgedreht und somit konnte sie sein Nicken nicht sehen. Finn atmete tief durch. Sollte sein Lebenstraum in Erfüllung gehen und er mit Ella ... Er hätte vor Freude einen Schrei loslassen können, hielt sich jedoch zurück.

Zum Abschied hatte sich das gesamte Weihnachtsland versammelt. Die Elfen standen gemeinsam mit der Familie im Halbkreis vor dem Stall. Ella bestieg das Rentier, Henrik setzte sich auf das zweite neben sie.

»Lebt wohl.« Sie winkte den Eltern, dem Bruder zu. Alles sollte nach einem echten Abschied aussehen. Die Mutter hatte sogar Tränen in den Augen, als Ella das sah, liefen sie auch bei ihr über die Wange.

»Kann ich heute Nacht bei dir übernachten?«, fragte Ella, als sie im Wald gelandet waren.

»Das wäre das erste Mal, seitdem wir uns kennen. Ich freue mich, dass du dich für mich entschieden und endlich gänzlich mit deiner Familie gebrochen hast. Du wirst sehen, wir werden ein Vermögen verdienen, die werden sich noch umschauen.« Er zog sie in die Arme. Ella ließ es zu, schmiegte sich mit Widerwillen an ihn. Dann gingen sie das Stück bis zu Henriks Haus zu Fuß. Es war spät in der Nacht, niemand kam ihnen auf dem Stück entgegen. Die Straßenlaternen spendeten ihnen genügend Licht. Zum Glück kannte sie sich in Henriks Wohnung aus. Kurz nachdem sie dort angekommen waren, ging sie in die Küche und nahm zwei Wassergläser aus dem Schrank. Sie versicherte sich, dass Henrik ihr nicht nachgekommen war. Sie hörte, dass er im Schlafzimmer seine Reisetasche auspackte. Schnell schüttete sie die Tropfen aus dem Fläschchen ins Glas, rührte es kurz um.

»Hier, ich habe dir direkt ein Glas Wasser mitgebracht.« Sie reichte es ihm entgegen.

»Das ist gut, ich habe einen wahnsingen Durst.« Er nahm es entgegen und trank es in einem Zug leer. Ella atmete erleichtert auf.

»Möchtest du mit im Schlafzimmer schlafen?« Henrik kam auf sie zu, zog sie in seine Arme. »Wir könnten doch endlich ... du weißt schon. Jetzt, wo wir beide an einem Strang ziehen.«

»Wenn ich das erste Mal mit dir ..., dann möchte ich es romantisch haben, mit Kerzen und mit einem leckeren Essen zuvor und ... Nach all den Aufregungen bin ich erschöpft. Kannst du das verstehen? Ich hoffe, du bist mir nicht böse, wenn ich auf der Couch übernachte.« Sie gab ihm einen flüchtigen Kuss auf den Mund.

»Du hast recht, wir haben so lange damit gewartet, wir sollten nichts überstürzen.« Er gähnte. Das Mittel wirkt, dachte Ella.

»Kann ich zuerst ins Bad«, fragte er wieder gähnend. »Ich bin auf einmal ziemlich platt.«

»Gerne.« Innerlich freute sich Ella, obwohl sie ziemlich angespannt war.

Henrik schlief schnell ein, schon bald konnte Ella, die sich auf der Couch im Wohnzimmer ein Bett bereitet hatte seine gleichmäßigen Atemzüge vernehmen. Vor lauter Aufregung, ob die Tropfen Wirkung zeigen würden, konnte sie nicht zur Ruhe kommen. Gegen morgen schien sie doch eingeschlafen zu sein, denn sie wurde von Kaffeegeruch geweckt, der ihr in die Nase stieg.

»Guten Morgen.« Henrik kniete neben der Couch, hielt Ella die Tasse entgegen. Sie richtete sich auf und erwiderte seinen Gruß. Ihr Herz schlug heftig, hatte das Mittel gewirkt oder nicht?, ging ihr durch den Kopf.

»War gestern ziemlich lang geworden, ich habe gar nicht mitbekommen, dass du mit zu mir gekommen bist. Ich freue mich sehr darüber. Hoffentlich hat mein Schnarchen dich nicht wach gehalten, sonst wirst du wohl nie mehr bei mir übernachten.« Glücklich lächelte er sie an.

»Wir waren lange unterwegs.«

»Ich hab wohl einiges getrunken, kann mich gar nicht mehr erinnern.« Henrik rieb sich den Kopf.

»Na ja, wir sind spazieren gegangen, im Wald, haben uns verlaufen und als wir zu Hause waren, hast du noch etwas getrunken und bist dann eingeschlafen«, erzählte Ella, um herauszufinden, ob er sich an den Wald erinnern konnte.

»Egal. Ich freue mich, dass du hiergeblieben bist. Wolltest du nicht im Schlafzimmer mit mir gemeinsam schlafen?«

»Wir haben besprochen es langsam anzugehen.« Ella war glücklich, er konnte sich an nichts mehr erinnern.

»Ich hatte einen tollen Traum, für eine neue Geschäftsidee.«

Ella zuckte zusammen. »Und die wäre?«

»Ich möchte mich endlich selbstständig machen, nicht mehr für einen Konzern arbeiten und ob du es glaubst oder nicht oder kitschig findest. Ich möchte ein Weihnachtsmannland erschaffen. Mich beschleicht schon länger das Gefühl, dass die Menschen immer weniger an den Weihnachtsmann glauben und wenn ich einen Park eröffne, wo alles, was wir aus den Geschichten kennen, vorkommt, ich denke, dass würde genug Investoren anziehen, da mitzumachen. Solche Events lassen sich gut vermarkten. Und ich habe ein Jahr Zeit es vorzubereiten.« Henrik erzählte ausgelassen von seiner Idee und Ella freute sich, dass er dieses Vorhaben nun auf der Erde umsetzen wollte und nicht in ihrer Heimat. Im Kern war er ein Kind, das Weihnachten liebte, dachte sie. Als Ella sich gegen Mittag von Henrik verabschiedete strich sie ihm sanft über die Wange. »Ich wünsche dir viel Glück für dein Weihnachtsland. Und ich finde es nicht kitschig, sondern richtig gut.«

»Wir telefonieren später und morgen unternehmen wir etwas gemeinsam«, rief Henrik ihr nach, als sie bereits die Stufen hinunter ging. Ella drehte sich um, kam zurück. Sie hatte einen Entschluss gefasst.

»Henrik, ich möchte ehrlich mit dir sein. Mir ist das in der vergangenen Nacht bewusst geworden.« Sie sah ihn an.

»Was meinst du?«

»Ich … nun … es gibt da einen Mann aus meiner Jugend.«

»Und?«

»Ich habe ihn in den letzten Tagen wiedergetroffen und ich liebe ihn noch immer. Es wäre unfair von mir, wenn ich dir nicht die gleiche Liebe entgegenbringen würde.«

»Du hast mir etwas vorgespielt?«

»Nein, ich war mir selbst nicht sicher. Ich habe die letzte Nacht wach gelegen und …«

Henrik sah sie enttäuscht an. »Dann bin ich froh, dass wir nicht den besagten Schritt gegangen sind, sonst hätte es mich verletzt.« Zum Abschied reichte er ihr die Hand. »Wir könnten ja Freunde bleiben, denn wir haben uns immer gut verstanden.«

Ella war über seine Reaktion erstaunt. War er doch der nette Mann, so wie sie ihn kennengelernt hatte? War er nur ein wenig neben der Spur, als er das Weihnachtsland besuchte? Sie würde niemals eine Antwort darauf erhalten.

»Wir werden sehen. Erst mal lassen wir ein wenig Zeit vergehen. Mach es gut, Henrik.« Ella schloss die Tür hinter sich. Sie ging zu ihrer Wohnung, packte einige Sachen und machte sich am späten Abend auf den Weg in den Wald. Larry würde dort auf sie warten. Ella freute sich auf die Heimat und wusste, sie konnte allen Bewohnern die Entwarnung geben. Henrik würde das Geheimnis niemals ausplaudern, denn er konnte sich nicht mehr daran erinnern. Dass er seine Idee nicht vergessen hatte, fand sie gut, so half er unbewusst dem Weihnachtsland auf der Erde.

Herzlich wurde sie im Weihnachtsland begrüßt. Finn stand in der hintersten Reihe, ihre Blicke trafen sich. Ella lächelte. Dann wurde sie von der Mutter und dem Bruder fortgezogen. Vor der Haustür befreite sie sich, blieb stehen, sah sich um.

»Komm rein«, bat die Mutter. »Wir müssen feiern, dass du wieder bei uns bist.«

»Ich komme gleich nach.«

Finn kam auf sie zu. »Ja«, sagte er.

Ella sah ihn verdutzt an. »Was meinst du damit? Ich habe dich doch gar nichts gefragt.«

»Doch, das hast du.«

»Und wann soll das bitte gewesen sein?«

»Gestern, im Büro.« Er grimmte sie an.

»Du meinst ...«

»Ja, ich könnte mir vorstellen mit dir im Weihnachtsland und auf der Erde zu leben.« Nachdem er es ausgesprochen hatte, fiel Ella ihm um den Hals.

»Hohoho«, hörten sie den Weihnachtsmann hinter sich.

»Da sind aber zwei verliebt ineinander.«

»Vater.« Ella wurde rot im Gesicht.

»Ich freue mich für euch. Kommt rein, ich habe etwas zu verkünden.«

Sie gingen hinter dem Weihnachtsmann ins Haus. Die Mutter und Linus hatten es sich im Wohnzimmer bereits bequem gemacht. Der alkoholfreie Punsch stand fertig auf dem Tisch.

»Ich möchte mich bei euch entschuldigen. Wir konnte ich selbst mich so hängen lassen, mein Herz verschließen. Musste mich da erst ein Erdenmensch daran erinnern, dass ich es von ganzem Herzen liebe der Weihnachtsmann zu sein. Nein, das stimmt nicht ganz. Der Junge, der diesen Rap verfasst, für mich geschrieben hat, der hatte meine Mauer um mein Herz herum bereits niedergerissen mit seinen Worten. Und dann kam Henrik und ich schalte mich selbst einen alten Trottel.« Er sah zu seiner Frau.

»Sei nicht so streng mit dir selbst, jeder hat mal einen Tiefgang. Wichtig ist, dass wir alle an einem Strang ziehen und zusammenhalten«, meinte sie.

»Das Henrik sich an nichts mehr erinnert ist ein Wunder«, meinte er.

»Nicht so ganz, mein lieber Mann, da hat die Kräuterelfe ein wenig nachgeholfen«, gab die Weihnachtsmannfrau zu.

»Ich werde mich persönlich bei ihr bedanken. Linus, mein Sohn, ich habe mit den Elfen eine Versammlung abgehalten. Du wirst von jetzt an gemeinsam mit mir die Geschäfte führen. Und Ella«, er wandte sich an seine Tochter, »du bist jederzeit herzlich eingeladen mit uns zusammen das Weihnachtsland zu führen.«

»Danke, Vater.« Linus konnte nicht anders, er nahm ihn in den Arm, drückte ihn fest an sich. Danach stießen sie alle miteinander an. Der Heilige Abend konnte kommen. Finn hielt Ellas Hand. Linus erzählte dem Vater von seinen Ideen für Erneuerungen, damit sie andere Geschenke in der Fabrik fertigen könnten, nicht nur Spielzeug. Die Mutter stellte leise Hintergrundmusik ein und die Freude, die Ella verspürte, die gesamte Familie zusammen zu sehen war unbeschreiblich schön.

Am Heiligen Abend beluden sie gemeinsam den Schlitten für die Reise zur Erde. Linus setzte sich neben den Vater, der ihm die Zügel überließ. Die Mutter, Ella und Finn beobachten die Reise durch die Schneekugel. Nachdem der Weihnachtsmann und sein Sohn von der Tour zurückkamen, wurden sie in einem wunderschön geschmückten Wohnzimmer erwartet. Ella und die Mutter hatten einen Tannenbaum mit roten und weißen Kugeln geschmückt. Stundenlang neue Schleifen gebunden. Das Essen stand auf dem Tisch. Wie in all den Jahren zuvor gab es Gans mit Rotkohl und Knödel und einen warmen Pudding mit Zimt zum Nachtisch. Finn war dazu eingeladen worden mit ihnen gemeinsam zu feiern.

»Glücklicher als heute könnte ich nicht sein«, sagte der Weihnachtsmann, lächelte seine Frau, den Sohn, Ella und Finn an.

»Oh du Fröhliche, oh du Selige …«, fing er an zu singen und alle stimmten mit ein.

»Was für ein Fest der Liebe!«, rief Ella und drückte Finns Hand. Die Schmetterlinge wirbelten in ihrem Bauch wild umher. Sie war einen langen Umweg gegangen, um zu dem Mann zurückzukehren, denn sie bereits seit Kindertagen liebte. Ella war sich sicher, sie würden einen Weg finden, im Weihnachtsland und auf der Erde zu leben. So wie ihr Vater seiner Berufung nun wieder mit der Stimme seines Herzens folgte, so würden auch sie diese Stimme im Herzen frei sich äußern lassen.

Verregneter Weihnachtsmarkt

Leni stützte die Arme auf die Fensterbank und den Kopf auf ihre Hände. Durch die mit Schneeflocken dekorierten Scheiben blickte sie hinaus auf den Weihnachtsmarkt und wartete darauf, dass die Dunkelheit Einzug hielt und die Lichterketten im vollen Glanz erstrahlten.

Leni liebte diesen Moment, wenn die Abenddämmerung aufkam und die Lichtquellen Schatten warfen. Dann suchte sie auf den Pflastersteinen nach Figuren, die dadurch sichtbar wurden. Heute konnte sie es nicht gut erkennen, denn an die Scheiben klatsche der Regen und die Tropfen liefen herab. Sie streckte dem Regen die Zunge heraus.

»Kann es nicht mal einen Tag aufhören mit dem Regen?«, sagte sie und stampfte dabei mit dem Fuß auf.

»Ist etwas passiert, Leni?« Die Mutter stand in der Tür.

»Ach immer dieser Regen, seit Tagen kann ich nicht ...« Sie hielt inne, drehte sich zu ihrer Mutter um, die sich neben sie stellte.

»Was kannst du nicht?«

»Ach nichts.«

»Du würdest viel lieber mit deinen Freunden draußen über den Weihnachtsmarkt gehen. Das habt ihr in den letzten Jahren täglich gemacht, wenn ich mich recht erinnere.« Die Mutter legte die Hand auf Lenis Schulter.

»Ja, aber wie du siehst, regnet es seit Tagen. Ich bin schon froh, wenn es am Abend mal für kurze Zeit trocken ist, denn dann kann ich wenigstens meine ... ach nichts.« Leni ging zu ihrem Schreibtisch, setzte sich hin und zog einen Block hervor.

»Hast du noch Hausaufgaben zu machen?«

Leni schüttelte den Kopf.

»Komm mit runter in die Küche, dann bereite ich uns eine heiße Schokolade zu und wir probieren die Kekse, die wir gestern gebacken haben. Möchtest du?«

»Schau, es hat aufgehört zu regnen.« Leni sprang auf, nahm ihren Block und lief aufs Fenster zu. »Ich komme später einen Kakao trinken. Jetzt möchte ich lieber hinausschauen.«

»Ich mach ihn schon fertig für dich.« Die Tür fiel ins Schloss und Leni atmete erleichtert auf, dass sie nun ihrer Lieblingsbeschäftigung nachgehen konnte, solange der Regen sich verzogen hatte. Sie schaute sich um, ob die Mutter nicht zurückgekommen war, erst dann zog sie sich den Stuhl ganz nah an die Fensterbank, legte den Block darauf und suchte die Pflastersteine ab, die auf dem Marktplatz lagen. Sie inspizierte erst die linke Seite zwischen den Holzbuden, dann die rechte.

»Wo seid ihr denn?«, flüsterte sie und schloss die Augen zu einem Spalt in der Hoffnung, was auch immer, besser erkennen zu können. Auf einmal rumste es an ihrer Scheibe. Vor Schreck wäre sie beinahe vom Stuhl gefallen, denn sie hatte sich auf die äußerste Kante gesetzt. Erschrocken lehnte sie sich zurück, wartete ab. Es geschah nichts. Zögerlich beugte sie sich nach vorne und erkannte, dort lag etwas auf der äußeren Fensterbank.

»Leni?«, hörte sie ihre Mutter im Flur rufen. Leni lief zu Tür. »Ja?«

»Was war das für ein Knall? Bist du gefallen?«

»Nein, alles gut, mir ist etwas ...« Leni verzog das Gesicht. Mist, dachte sie, ich will ja nicht lügen, doch wenn ich die Wahrheit sage, kommt dann Mutti hoch? Und wenn schon, ich weiß ja selbst nicht, was dort auf der Fensterbank liegt. »Mutti, das war draußen.«

»Dann ist ja alles gut. Deine Milch ist gleich fertig. Soll ich sie dir hochbringen?«

»Nein, ich komme sie mir holen.« Leni warf einen Blick nach draußen. Was auch immer es war, es lag noch dort. Flott hüpfte sie die Treppe hinunter in die Küche.

»Danke«, sagte sie, nahm sich die Tasse und ging so schnell als möglich, damit sie auch nichts verschüttete, zurück. Sie trank einen Schluck, stellte dann den Kakao auf den Schreibtisch. In der Zwischenzeit war dieses Etwas nähergekommen. Leni spürte, dass ihr Herz schnell schlug. Sie zögerte einen Moment, doch dann öffnete sie das Fenster.

»Uiuiuiui«, hörte sie und dann schaute sie genauer hin.

»Was bist du denn?« Sie sah dieses kleine Etwas an. Es war nicht größer als ihr Ringfinger.

»Erkennst du nicht, was ich bin?«

»Ich bin mir nicht sicher«, gab sie leise zur Antwort.

»Kann ich reinkommen. Ich habe mir beim Aufprall meine Kleidung nassgemacht und fange langsam an zu frieren.« Das Etwas strich mit der Hand über seinen Mantel.

»Ja, komm rein, dann schließe ich das Fenster. Es fängt eh wieder an zu regnen.«

Mit großer Mühe kam das Etwas ins Innere geklettert. Leni schaltete die Schreibtischleuchte an. Jetzt erkannte sie, um was für eine Gestalt es sich handelte. Ein kleiner Wichtel. »Bist du ein Junge oder ein Mädchen?«, fragte sie.

»Junge«, bekam sie zur Antwort. Der Wichtel trug eine große rote Mütze und einen grünen langen Mantel. Seine Minifüße steckten in grünen Filzstiefeln. Er rieb sich die Arme. Leni öffnete ihre Hand. »Komm, ich trage dich unter die Lampe, da wird es dir schnell warm und du kannst in Ruhe trocken. Wie heißt du?«

»Wichtel Sonnenschein ...«

Leni lachte.

»Was ist daran so lustig?«

»Na ja, Sonnenschein wäre mal ganz gut, es regnet seit Tagen immer und immer mal wieder. Wenn ich in der Schule bin, dann nicht und sobald ich nach Hause komme, platscht es vom Himmel herunter ohne Ende in Sicht«, merkte Leni an.

»Nu warte, du hast ja sofort angefangen zu lachen. Wichtel Sonnenschein und Schneegestöber.«

»Wie jetzt? Wer hat dir denn den Namen verpasst.«

»Seit Generationen wird er in unserer Familie weitergeben.«

»Ach so, interessant. Hat das irgendetwas zu bedeuten?«

»Sag mal, willst du denn gar nicht wissen, wie ich zu deiner Fensterbank gekommen bin und warum?«

»Stimmt, da hast du recht. Und?« Leni holte sich den Stuhl zurück an den Schreibtisch und ließ sich nieder. So konnte sie in Augenhöhe auf Wichtel Sonnenschein und Schneegestöber schauen.

»Du hast uns bemerkt, oder?«

»Wie jetzt? Bemerkt?« Lenis Wangen rötteten sich.

»Erwischt. Es stimmt, du hast oft hier am Fenster gestanden, auch bei Regen und hast, sobald die Dunkelheit aufkam, das Licht in deinem Zimmer ausgemacht und nach draußen geschaut.«

»Ja, das habe ich. Und ...«

»Und dabei hast du uns beobachtet.« Der Wichtel zog seine Mütze aus, strich sich mit den Händen durchs Haar und setzte danach die Kopfbedeckung wieder auf. »Ich bin schon fast trocken«, meinte er.

»Ich soll euch beobachtet haben?«

Der Wichtel nickte.

»Du meinst, du bist einer meiner Schattenfiguren, die ich in meiner Fantasie ...«

»Fantasie!«, unterbrach der Wichtel sie. »Wir Wichtel sind Wirklichkeit!«

»Das habe ich nicht gewusst, ich dachte, das wären alles nur Schatten, die durch die Lichterketten entstehen und ...« Leni rieb sich hinter dem linken Ohr.

»Ja, ja, die Geste machst du oft, was hat das zu bedeuten?«

»Was meinst du?«

Der Wichtel machte ihre Handbewegung von zuvor nach.

»Ach so, das mache ich automatisch.« Leni lächelte den Wichtel an.

»Wir Wichtel, egal ob Mädchen oder Junge haben uns jeden Abend überlegt, was das zu bedeuten hat und dann haben wir gestern ausgelost, wer zu dir vom Dach auf die Fensterbank springt.« Er zeigte nach oben und machte dann mit der Hand eine Bewegung nach unten.

»Du bist vom Dach gesprungen? Bist du denn verrückt, du hättest abstürzen und sterben können.« Erschrocken hielt sich Leni die Hand vor den Mund, sie hatte zu laut gesprochen. »Pst«, sie legte einen Finger auf die Lippen, dann stand sie auf, öffnete leise die Tür, um zu überprüfen, ob ihre Mutter sie gehört hatte. Zum Glück nicht. Sie ging zum Wichtel zurück.

»Wir haben das alles gemeinsam ausgerechnet und besprochen. Es konnte nichts schiefgehen«, versuchte er Leni zu beruhigen.

»Und was möchtest du nun von mir?«, fragte sie.

»Habe ich doch schon erledigt, wir wollten wissen, warum du immer an deinem Ohrläppchen ziehst. Wir dachten, du wolltest dich mit uns unterhalten. Oder uns auf etwas aufmerksam machen, weil du die ganze Zeit auf uns geschaut hast und immer irgendetwas aufgeschrieben haben musst. Und na ja, wir sind halt von Natur aus neugierig.« Der Wichtel setzte sich unter die Lampe.

»Das ist eine dumme Angewohnheit von mir, wenn ich mir Geschichten ausdenke«, erwiderte Leni.

»Was für Geschichten? Magst du mir etwas zeigen?« Der Wichtel rückte näher.

»Ich suche in den Schatten, ob ich Figuren ausmachen kann. Tierisch oder menschlich spielt dabei keine Rolle und dann überlege ich mir eine Erzählung dazu. Gebe den Figuren einen Namen, kleide sie in Gedanken ein, entscheide mich, ob sie lieb oder grimmig sind und dann fantasiere ich mir vor dem Schlafengehen eine Geschichte zusammen. Oft träume ich danach die Szenen weiter«, erzählte Leni.

»Das ist interessant. Schade, dass nur ich bei dir sein kann. Die anderen sind unten auf dem Weihnachtsmarkt und gehen dort ihrer Beschäftigung nach. Sollen wir mal schauen?« Der Wichtel stand auf. »Magst du mich hinübertragen?«

»Gerne.« Sie hielt die Handfläche auf und schon sprang der Wichtel drauf. Auf der Fensterbank ließ sie ihn nieder.

»Oh«, rief Sonnenschein Schneegestöber aus. »Oh, du kannst ja gar nichts richtig erkennen. Das sieht ja wirklich nur aus, als würden die Lichter Schattenfiguren werfen.« Er nieste.

»Gesundheit, ich hoffe, du hast dich nicht erkältet.«

»So ein Wichtelschnupfen geht schnell vorbei«, erklärte er. »Jetzt verstehe ich alles ganz genau, du konntest uns überhaupt nicht richtig erkennen.« Er lachte kurz auf. »Und wir haben die ganze Zeit überlegt, was du uns mitteilen wolltest.« Er lachte ein weiteres Mal. »Egal, jetzt kann ich alle Wichtel aufklären, ich muss nur wieder dort nach unten kommen.« Er zeigte auf die eine freie Fläche zwischen der Reibekuchenbude und dem Stand mit Maronen.

»Ich werde dich dort hinbringen. Möchtest du sofort zurück oder über Nacht hier drinnen bleiben? Du könntest in der Puppenstube schlafen.« Sie zeigte auf ihr Puppenhaus, dort auf ein Bett.

»Die Verlockung ist groß, doch meine Freunde würden alle unten schlafen, auf einer Strohkiste unter einem Tannenzweig. Und ich möchte sie nicht auf mich warten lassen.« Er nieste ein weiteres Mal.

»Von wegen ein Wichtelschnupfen geht schnell vorüber. Wie viele seid ihr denn?«, fragte Leni.

»Dreizehn für diesen Weihnachtsmarkt«, gab der Wichtel zur Antwort und winkte aus dem Fenster, in der

Hoffnung seine Freunde würden es sehen.

»So, so, dreizehn. Im Puppenhaus wäre genügend Platz für alle, was hältst du davon, wenn ich dich in meine Hand nehme, wir gehen nach unten und dann holen wir alle deine Freunde ins Haus und ihr übernachtet hier drinnen. Wir müssten nur leise sein, damit meine Eltern davon nichts mitbekommen.«

Sie räumte ein weiteres Bett ins Puppenhaus, eine Couch und einen Sessel. Sonnenschein Schneegestöber beobachtete sie dabei. »Eine gute Idee. Meinst du, wir schaffen es unbemerkt zu bleiben?« Er runzelte die Stirn.

»Ganz sicher. Ich zieh mir gerade eine Jacke über und dann gehen wir.«

»Wo willst du hin?«, fragte die Mutter, als Leni gerade aus der Haustür herauswollte. Sie spürte, dass der Wichtel in ihrer Hand zusammenzuckte.

»Nur mal kurz nach draußen, ganz schnell mal zu der Hütte mit den Reibekuchen. Es hat aufgehört zu regnen«, sagte sie mit bittendem Gesichtsausdruck.

»Aber bleib nicht zu lange, wir essen in einer halben Stunde zu Abend.«

»Sicher nicht.« Schon ging Leni aus dem Haus, stieg die Stufen hinunter und dann lagen noch zehn Meter zwischen ihr und dem Reibekuchenstand, dort wo sich die anderen Wichtel aufhielten. Leni ließ den Wichtel aus ihrer Hand und sie wurden freudig begrüßt. Ein Passant blieb stehen und schüttelte den Kopf darüber, weil Leni vor Freude kurz einen Schrei losgelassen hatte. Sie schaute zum Boden und nicht in die Augen des grantigen Mannes, der dann zügig seines Weges weiterging. Wichtel Sonnenschein Schneegestöber unterrichtete seine Freunde, die sich auf eine warme und sanfte Unterkunft freuten. Leni steckte sie in ihre Taschen.

»Bin wieder da!«, rief sie vom Flur aus in die Küche.

»Das ging aber schnell, wir essen in fünf Minuten«, antwortete die Mutter.

»Ich bin gleich unten.« Leni nahm zwei Stufen auf einmal und verschloss die Tür hinter sich. Dann ließ sie die Wichtel aus ihrer Tasche.

»Uiuiui«, sagte der ein oder die andere. »Du bist so schnell gegangen, ich dachte, wir fahren Karussell«, sagte Sonnenschein Schneegestöber.

Leni lachte. »Oh, Entschuldigung, darüber habe ich gar nicht nachgedacht, dass ...«

»Alles gut«, hörte sie einen Mädchenwichtel antworten.

Leni setzte alle in die Puppenstube. »Macht es euch gemütlich. Möchtet ihr etwas essen?«

»Nein, wir haben in unseren Rucksäcken genügend Wichtelnahrung mit. Danke«, antwortete ein älterer Wichtel.

Als Leni nach dem Abendessen zurück in ihr Zimmer kam, waren alle Wichtel bereits eingeschlafen. Sie setzte sich vor die Puppenstube und sah ihnen dabei zu. Zu fünft lagen sie im Bett, drei auf der Couch, einer im Sessel, im zweiten Bett drei und der dreizehnte hatte es sich auf dem Fell vor dem Kamin gemütlich gemacht. Leni lächelte und ihr Herz machte einen Sprung vor lauter Freude. Heute Nacht brauchte sie sich keine Geschichte mit erfundenen Figuren auszudenken, denn in jener Nacht waren sie lebendig und schliefen in ihrem Puppenhaus. Schon bald fielen ihr die Augen zu.

Am Morgen sprang sie aus dem Bett und lief zum Wichtelquartier, doch da lag niemand mehr. Also waren die Wichtel doch ein Gespinst ihrer Fantasie entsprungen. Schade, dachte sie, dabei hatte alles echt auf sie gewirkt. Dann sah sie genauer hin, dort lag etwas auf dem Wohnzimmertisch. Ein ganz kleiner Zettel. Vorsichtig nahm sie ihn in die Hand. Deutlich stand geschrieben: *Bis heute Abend, wir sehen uns! Und wir haben eine Überraschung für dich, damit du jeden Tag auf den Weihnachtsmarkt gehen kannst, bis er am Vierundzwanzigsten seine Hütten schließt.*

Im Schlafanzug stieg sie die Stufen hinunter in die Küche, in der ihre Mutter bereits das Frühstück richtete.

»Guten Morgen, Mutti«, sagte Leni und setzte sich an den Tisch.

»Du bist aber früh auf«, sagte die Mutter nach einem kurzen Blick auf die Uhr.

»Sag mal, Mutti. Gibt es Wichtel eigentlich in Wirklichkeit?«

»Hast du davon geträumt?« Die Mutter stellte Müsli auf den Tisch.

»Gibt es sie oder nicht? Und warum?«

»Es sind kleine Fantasiegeschöpfe, die Gutes tun. In der Weihnachtszeit bringen Wichtel heimlich Wichtelgeschenke.«

»Ach so ... Daher wichteln wir in der Schule immer«, stellte Leni fest. »Aber so in echt gibt es die nicht, oder?« Sie machte einen Seufzer.

»Leni, wenn du an Wichtel glaubst, dann gibt es sie. Was ist schon immer echt oder nicht? Im Herzen fühlen wir es, jeder für sich selbst.« Die Mutter setzte sich neben die Tochter, strich ihr über die Hand.

»Wirklich Mama?«

Zur Antwort nickte die Mutter. Leni sprang auf, gab ihr einen Kuss auf die Wange und lief singend die Treppe hinauf, in der Vorfreude am Abend ihre neuen Freunde wiederzusehen.

Sie saß am Fenster und wartete, dass die Dunkelheit eintrat. Noch konnte sie keine Schatten erkennen. Statt im Zimmer auszuharren, ging sie vor die Tür, direkt an die Stelle in der Nähe der Reibekuchenhütte. Leni wurde ungeduldig, denn sie konnte die Lichter bereits glitzern sehen, es war dunkel genug. Menschen standen Schlange, um Reibekuchen zu kaufen. Zu dritt versuchten die Mitarbeiter in der Hütte, den Wartenden die leicht braun- gebratenen Reibekuchen zu reichen. Manch einer aß sie mit Apfelmuss.

Plötzlich spürte Leni ein Ziehen an ihrem Hosenbein. Sie schaute nach unten und erkannte den Wichtel Sonnenschein Schneegestöber. Sie bückte sich zu ihm hinunter.

»Nimmst du uns wieder mit in dein Puppenhaus?«, fragte er.

»Ist jetzt wohl eher ein Wichtelhaus. Natürlich! Kommt alle zusammen und ab in meine Tasche. Ich verspreche, ich gehe ganz vorsichtig die Stufen hoch!« Einer nach dem anderen fand sich ein. Wie versprochen schlich sie die Stiegen hoch und setzte jeden einzeln im Haus ab.

»Seid froh, dass ihr hier drinnen seid, es ist heute richtig kalt geworden da draußen«, meinte sie und sprach weiter: »Ich helfe Mutti beim Basteln von Sternen und schaue später nach euch.«

Mit einem Winken verabschiedete Leni sich und sah, wie die Wichtel unter den Decken verschwanden. Sicher schlafen sie gleich, wenn ich ins Bett gehe, dachte Leni. Und so war es, bis auf Wichtel Sonnenschein Schneegestöber. Er flüsterte ihr zu: »Leni, wir Wichtel haben überlegt, womit wir dir eine Freude bereiten könnten. Und du weißt ja, wie ich heiße, oder?« Leni nickte zur Antwort. »Ja, Sonnenschein statt Regen wäre ganz nett«, sagte sie.

»Das wird auch so sein, doch noch viel besser wäre, wenn es am Heiligen Abend schneien würde, oder?«

»Oh ja!«, rief Leni freudig. »Kannst du das machen?«

»Ich allein nicht, doch wir haben ja noch unseren Klugscheißer äh, ich meine unseren intelligenten Wichtel, der alle Berechnungen anstellt, unseren Wetterwichtel, unsere Kalteböewichtelfrau, unseren Windwichtel und unsere Temperaturwichtelin, der Schneeflockenwichtel und wenn wir all unsere Kräfte auf einmal zusammentun, dann, ja dann könnte es hinhauen. Wir arbeiten dran. Versprochen.«

»Gibt mir five«, sagte Leni und hielt ihm ihre Hand hin. Er schlug ein.

Als der Weihnachtsmarkt sich am Vierundzwanzigsten leerte, die letzte Hütte geschlossen wurde, verabschiedete Leni sich mit Tränen in den Augen von ihren Wichtelfreunden, weil auf sie eine neue Aufgabe wartete und sie weiterzogen. Obwohl Leni hatte nie erfahren, was die Wichtel überhaupt für eine Aufgabe auf dem Weihnachtsmarkt zu erledigen hatten. Und wie sie am Morgen aus dem Haus gingen, ohne ihre Hilfe. Dies spielte in dem Moment, als die ersten Schneeflocken vom Himmel fielen keine Rolle mehr.

Leni saß an ihrem Fenster und schaute hinaus. Vor Freude sprang sie auf, lief die Treppe hinunter. »Mutti, es schneit! Es schneit!«

Ihre Mutter trat aus dem Wohnzimmer. »Ach«, sagte sie, »da waren wohl die Wichtel am Werk.«

»Woher weißt du …«

Die Mutter zwinkerte ihr zu. »Ich war auch mal Kind. Und Wichtel halten ihre Versprechen immer.«

Leni lief in die Arme ihre Mutter, die sie fest an sich drückte.

Hoffenster

Turbulent ging es im Haus zu. Die Kinder liefen von einem Zimmer ins andere. Die Mädchen berieten sich, welches Kleidungsstück sie anziehen sollten. Die Jungs überlegten sich lustige Streiche für die Mädchen und packten dabei ihre kleinen Koffer und Taschen. Nur ich stand am Hoffenster, schaute hinaus und träumte vor mich hin. Fantasierte von einer wunderschönen weißen Weihnacht bei einer lieben Familie, die Kinder hat und mich aufnehmen würde.

In der Hofeinfahrt parkte ein Bus. Der Fahrer stand daneben und rauchte eine Zigarette. Die Rauchwölkchen stiegen hoch, lösten sich auf. Herr Bierbaum war freundlich zu uns Kindern. Spielte sogar mit uns, obwohl das nicht zu seinem Aufgabenbereich gehörte. Er war dazu angestellt, uns Heimkinder zu Pflegefamilien zu fahren, entweder einzeln, dann mit einem kleineren Wagen, oder gemeinsam, so wie heute, mit einem Bus zu einem Ort in der Stadt. Dort würden wir von Personen abgeholt, die uns zu ihrem Weihnachtsfest eingeladen haben.

Es würde mein erstes Weihnachten bei einer Familie sein. Ein junges Pärchen hatte sich auf den jährlichen Zeitungsaufruf der Heimleitung gemeldet. Ihr Haus lag an einem Waldgrundstück in der Nähe eines Dorfes außerhalb von Köln, hatte mir das Ehepaar erzählt, als es kurz zu Besuch war. Schade, dass die beiden keine Kinder haben, mit denen ich spielen konnte. Frau Beier, die Heimleiterin, hatte mich nach dem Besuch des Pärchens gefragt, ob ich Weihnachten mit ihnen verbringen möchte. Natürlich, ich wollte nicht zurückbleiben und gerne in den Genuss einer familiären Weihnacht kommen. Ich war aufgeregt, bisher war ich ein einziges Mal an einem Sonntag von einer Frau mittleren Alters zum Spaziergang abgeholt worden. Danach hatte sich niemand mehr für mich interessiert.

Sieben Jahre lebte ich nun im Heim Sonnenschein. Die Leiterin hatte mir erzählt, da war ich gerade fünf, dass ich in einer Babyklappe abgegeben wurde. Sie war sogar mit mir zu dem Krankenhaus gefahren, um es mir zu zeigen. Zum Glück hatte meine Mutter einen Zettel mit meinem Namen und dem Geburtsdatum dazugelegt. Somit wussten die Schwestern, dass ich gerade mal einen Tag alt war, als meine Mutter mich dort abgegeben hatte. Ich stellte mir oft vor, wer sie wohl war. Wie sie aussah, und in meinen Träumen hörte ich ihre Stimme, die liebe Worte zu mir sprach. Mir ging es nicht schlecht im Heim, für uns Kinder wurde gut gesorgt. Die Angestellten waren alle freundlich, es kam selten vor, dass jemand die Stimme gegen uns erhob. Und Frau Beier war richtig lieb. Nicht ein einziges Mal bevorzugte sie einen von uns ›Rabauken‹, wie sie uns liebevoll nannte.

»Was stehst du hier allein herum, Stella?«, fragte Sybille. Ich drehte mich zu ihr um, seufzte auf.

»Träumst du vor dich hin? Dafür ist keine Zeit. Komm«, sie nahm mich an der Hand, »zeig mir, was du anziehen wirst, bevor wir abfahren.« Sie zog mich hinter sich her ins Zimmer.

Dort waren noch vier Mädchen anwesend, die aufgeregt durcheinander sprachen. Ich kam in Versuchung, mir die Ohren zuzuhalten, es war unglaublich laut im Raum. Sybille blieb vor meinem Schrank stehen, holte ein Kleid nach dem anderen heraus, begutachtete es und hängte es zurück. »Sag mal, hast du denn überhaupt kein Kleidungsstück mehr, was nicht so abgetragen aussieht?«

Ich zuckte mit den Schultern.

»Oje, was machen wir denn da?«, meinte sie. »Seid mal alle ruhig«, schrie sie auf einmal so laut, dass ich vor Schreck zusammenzuckte. Im Nu wurde es im Raum still, die anderen Mädchen kamen auf uns zu.

»Sie hat so gar nichts Schönes im Kleiderschrank. Habt ihr etwas, was ihr Stella ausleihen könnt? Sie soll doch einen guten Eindruck hinterlassen. Wir alle wissen, es ist eine Chance für uns, dass wir von den Menschen, die uns einladen, in Zukunft adoptiert werden könnten. Das kommt jedes Jahr mehrfach vor. Doch wenn Stella mit ihren abgetragenen Kleidungsstücken daherkommt, oje, dann sehe ich schwarz. Meine Sachen sind viel zu groß für sie, außer eine Strickjacke, die kann ich ihr geben. Sonst noch jemand?« Sie sah in die Runde.

Die Mädchen liefen zu ihren Schränken und schauten sie durch. Doch bis auf die Strickjacke fand sich nichts, was gut und schön genug für ein Weihnachtsfest wäre und die Mädchen nicht selbst tragen würden. Ich beobachtete meine Freundinnen dabei, wie sehr sie sich bemühten, etwas zu finden.

Langsam wurde mir mulmig im Bauch. Wenn wir nichts finden würden, wäre dann das Weihnachten für mich gelaufen? Nein! So durfte ich nicht denken. Es sollte doch mein allererstes Weihnachtsfest sein, außerhalb der Heimmauern. In diesem Jahr waren alle Kinder vermittelt worden, und sogar Frau Beier würde zu ihrer Schwester fahren können, die sonst immer zu ihr kam, wenn Kinder zurückgeblieben waren. Und ich wusste, sie freute sich darauf und es durfte jetzt einfach nicht sein, dass sie wegen mir darauf verzichten müsste, nur weil ich kein schönes Kleid im Schrank besaß. Ich lief aus dem Raum, durch den Flur und klopfte an Frau Beiers Bürotür.

»Herein«, hörte ich von drinnen und drückte die Türklinke hinunter.

»Stella«, sie lächelte mich an, erhob sich hinter dem Schreibtisch und kam auf mich zu. »Was kann ich für dich tun?« Fragend schaute sie mir in die Augen.

»Ich habe kein schönes Kleid im Schrank, muss ich hierbleiben?«

Frau Beier bückte sich zu mir herunter. »Was redest du denn da?«

»Na ja, Sybille meint, meine Kleidungsstücke sehen ziemlich abgetragen aus, was soll ich denn am Heiligen Abend anziehen?«

»Das kann ich mir gar nicht vorstellen, wir hatten eine große Kleiderspende, hast du denn davon in diesem Jahr nichts abbekommen?« Erstaunt sah sie mich an, während ich den Kopf schüttelte.

»Komm mal mit, wir gehen zur Kammer, da werden wir sicherlich etwas für dich finden.« Sie nahm mich an die Hand und wir gingen nebeneinander zu dem Raum, in dem Kleider, Haushaltswaren und Vorratsdosen aufbewahrt wurden.

Frau Beier drückte den Lichtschalter und ging die Regale mit den Kleidungsstücken ab. Hier und da zog sie etwas heraus und reichte es mir. Ich spürte Kribbeln im Magen, der Heilige Abend bei dem Ehepaar würde nicht ausfallen für mich. Vor Freude hätte ich im Kreis hüpfen können, hielt mich jedoch zurück und probierte ein Stück nach dem anderen an.

»Siehst du, Stella, da haben wir reichlich für dich gefunden, hoffentlich hat das alles Platz in deinem kleinen Koffer«, sagte Frau Beier herzlich.

»Danke, danke, danke.« Nun drehte ich mich doch vor Freude im Kreis, die Kleidungsstücke fest an meine Brust gedrückt.

»Dir wird noch ganz schwindlig, wenn du so weitermachst.« Frau Beier berührte meine Schulter und ich hielt inne. »Geh und pack deine Sachen, denn in einer Stunde fahren wir alle gemeinsam los.« Liebevoll gab sie mir einen Stups. Stolz trug ich meine neue Kleidung. Am Fenster zum Hof blieb ich stehen. Herr Bierbaum war nicht mehr zu sehen, der Bus stand verlassen, für mich jedoch hoffnungsvoll dort unten neben dem groß angelegten Spielplatz, der im Sommer sogar einen Pool hatte. Im Herbst wurde er abgebaut und in einem Holzhaus verstaut, in dem die Gartengeräte standen. Ich atmete tief durch. Das Heim stand in einer schönen Gegend, ganz in der Nähe war ein Wald mit einem See. Dort gingen wir oft spazieren. Vom Hoffenster aus konnte ich alles gut sehen, bis hin zum Gewässer. Oft stand ich an meinem Lieblingsfenster und genoss die weite Aussicht, malte mir Geschichten aus, die ich dann Sybille erzählte. Sie war meine engste Freundin, obwohl sie zwei Jahre älter war. Ich sah in ihr eine große Schwester, die ich mir wünschte. Ihr vertraute ich meine geheimsten Wünsche an, obwohl, so ganz viele waren es ja nicht. Mal mein Lieblingsessen, das aus frisch zubereiteten Pommes frites und Hackfleischbällchen bestand, ein anderes Mal, dass ich gern ein Computerspiel mit Barbie und Ken hätte oder irgendwann mit einem Flugzeug fliegen wollte. So einem, wie ich sie vom Hoffenster am Himmel täglich mit meinen Blicken verfolgte.

»Du träumst ja schon wieder«, mahnte Sybille.

Ich drehte mich zu ihr um. »Schau, so viele neue Anziehsachen.« Ich hielt sie ihr entgegen.

»Ich freue mich für dich. Nun komm, wir suchen ein passendes Outfit für heute heraus, damit du gleich einen guten Eindruck auf die Eheleute machst.«

Im Zimmer legte ich die Teile aufs Bett und schnell fand Sybille eine schwarze Jeans und ein moosgrünes T-Shirt. »Das passt genau zu deiner Augenfarbe und deinen dunkelblonden langen Haaren«, sagte sie und hielt es mir vor den Oberkörper. Ich schaute in den Spiegel, der hinter der Tür angebracht war. »Das gefällt mir.« Ich strich das T-Shirt glatt, damit es keine Falten warf.

»Und jetzt müssen wir uns sputen, in einer halben Stunde geht es los.« Sybille eilte zu ihrem Bett, auf dem ein Koffer lag, sie schloss ihn und stellte das Gepäckstück neben einen pinkfarbenen Rucksack. »Fertig.«

Die anderen Mädchen stimmten ihr zu. Nur ich war noch nicht ganz mit dem Packen am Ende angekommen. Ich beeilte mich, so gut ich konnte. Noch schnell meinen Teddy in den Rucksack und dann gingen wir gemeinsam Richtung Ausgang, um dort auf die anderen zu warten.

Unser Zimmer lag im ersten Stock, wir brauchten nur die Treppe hinunterzugehen und dann den langen Flur entlang. Insgesamt wohnten fünfzehn Kinder in dem Heim. Im Moment waren wir zwischen fünf und zwölf Jahren alt. Acht Mädchen und sieben Jungs.

Frau Beier kam auf uns zu. »Seid ihr alle startklar?«

»Ja«, riefen wir, einem Chor gleich.

»Ihr stellt euch bitte jeweils zu zweit in einer Reihe auf.«

Schnell kamen wir Frau Beiers Worten nach. Ich spürte die Aufregung, die sicher jedes von uns Kindern in sich trug. Schon bald hatten wir uns gruppiert. Sybille und ich standen als letzte in der Reihe. Ich hielt für einen Augenblick ihre Hand, die andere umfasste fest den Koffer, während ich meine Freunde beobachtete. Ob wir uns alle nach den Feiertagen wiedersehen würden? Oder würden einige von uns vermittelt werden? Dann fiel mir ein, dass Frau Beier immer ein Abschiedsfest veranstaltete, wenn ein Kind eine Familie fand. Somit würden wir uns auf jeden Fall ein einziges Mal wiedersehen.

Ich ließ Sybilles Hand los und hüpfte von einem Bein aufs andere, verzog dabei das Gesicht. Vor lauter Auf-Regung musste ich auf die Toilette. Ohne Sybille Bescheid zu geben, die sich mit dem Mädchen in der Reihe vor uns unterhielt, stürmte ich los. Auf halben Weg fiel mir auf, dass ich den Koffer in der Hand hielt, ich stellte ihn an die Seite. Schnell durchquerte ich den restlichen Flur, schob die Tür mit Schwung auf und verschwand hinter der ersten Toilettentür. Vor lauter Eile hatte ich vergessen, das Licht anzumachen. Nun war es

zu spät, ich musste so dringend. Im Halbdunkel traf ich die Toilette nicht ganz und bemerkte, dass ein wenig in meine Jeans floss, ich spürte es an meinem linken Bein.
»Oje!«
Als ich mich erleichtert hatte, zog ich die Hose hoch, verließ das WC und machte erst mal Licht an, um das Ausmaß meines Malheurs zu betrachten. Schlimm war es nicht, doch so konnte ich nicht zur Weihnachtsfamilie fahren. Da half nur, mir eine andere Jeans überzuziehen. Ich rannte in den Flur, öffnete den Koffer, schaute kurz auf und stellte fest, dass niemand mehr im hinteren Teil des Flurs stand. Mein Herz klopfte mir bis zum Hals. Waren die ohne mich abgefahren? Das konnte doch nicht sein, Sybille würde mich doch vermissen, oder nicht?

»Hallo, wo seid ihr?«, rief ich. Niemand antwortete. Ich lief die Stufen hoch zum Hoffenster und konnte gerade noch die Rücklichter des Busses erkennen. Die hatten mich wirklich vergessen.

Nein, das konnte nicht sein, die kommen gleich zurück. In der Zeit ziehe ich mir schnell eine frische Jeans an. Ich ging die Stufen runter, holte den Koffer und zog mich in unserem Zimmer um. Die nass gewordene Jeans rollte ich zusammen, die könnte ich sicher bei der Familie in die Waschmaschine stecken. Als ich fertig war, nahm ich mir einen Hocker aus dem Zimmer und ging zum Hoffenster. Von dort aus hatte ich den besten Blick, wenn sie zurückkommen würden. Ich stützte die Arme auf die Fensterbank, legte den Kopf darauf und wartete. Zum Glück war im Flur das Licht an, denn hier gab es Bewegungsmelder und keine Schalter.

Hatte denn niemand gesehen, dass es hell war, als sie

abfuhren? Wahrscheinlich hatte keiner zurückgeblickt. Langsam kam die Dämmerung auf. Vor Müdigkeit fielen mir die Augen zu.

Als ich erwachte und mich streckte, schaltete sich das Licht sofort ein. Vor dem Fenster war die Dunkelheit eingezogen, der Mond schien als Halbsichel am sternenklaren Himmel. Der Bus stand nicht im Hof, was mich erstaunte, denn Herr Bierbaum würde ihn sicher dort parken, bevor er nach Haus gehen würde. Niemand schien mich zu vermissen, was für mich unvorstellbar war. Wie konnte man ein Kind vergessen? Erst jetzt stellte ich fest, dass mir kühl wurde. Ich ging zur Wand, fasste die Heizung an. Logisch, die war runtergefahren, es war für die nächsten Tage niemand im Haus. Was sollte ich machen? Ich durfte auf keinen Fall meinen Platz am Hoffenster verlassen. Und wenn, dann nur, wenn ich zur Toilette musste, so wie jetzt. Danach ging ich ins Kinderzimmer und nahm mir meine Bettdecke mit. In die wickelte ich mich ein und setzte mich zurück auf den Hocker am Fenster.

Im Morgengrauen erwachte ich, rieb mir die Augen und schaute hinaus. Kein Mensch und kein Bus zu sehen. Ich spürte, dass Tränen in mir aufstiegen. War ich denn gar nicht wichtig? Ich wischte über die feuchten Wangen, schluchzte auf und überlegte, was ich machen könnte. Die Decke trug ich zum Bett und strich sie glatt, so wie wir es jeden Morgen machten. Dann ging ich ins Bad, wusch mir das Gesicht und putzte die Zähne. Mir knurrte der Magen vor Hunger. Schließlich hatte ich seit dem Mittag des Vortages nichts mehr gegessen.

Ich machte mich auf den Weg in die Küche. Dort fand ich Zwieback, eine Tüte mit Äpfeln, im Kühlschrank lag ein Toastbrot, abgepackter Käse und Salami. Ich zog mir einen kleinen Hocker vor den Schrank und holte mir zwei Scheiben Brot, Salami und Käse heraus. Dann schob ich den Hocker zum Toaster. Das Rösten des Brotes war die einzige Geräuschkulisse im Raum. In der Vorratskammer schaute ich, ob es haltbare Milch gab. Ich hatte Glück, entdeckte zwei Liter, fand unter anderem Fisch in Dosen, Erbsen, Möhren, Nudeln und Tomatensoße im Glas. Verhungern und verdursten würde ich nicht.

Ein wenig mühsam war es, ständig den Schemel von einer Seite zur anderen zu schieben, damit ich eine Tasse und Kaba aus dem Schrank holen konnte, um mir auf dem Herd die Milch warm zu machen. Der Toast war in der Zwischenzeit fertig. Butter fehlte, davon war keine mehr im Kühlschrank. Ich schaute nochmals aufs Vorratsregal und fand ein Päckchen Margarine, die die Köchin eigentlich nur zum Backen benutzte. Nun würde ich damit mein Brot bestreichen. Ich belegte eine Scheibe mit Käse, die andere mit Salami. In die warme Milch rührte ich Kaba und drehte den Herd aus. Nahm Teller und Becher, setzte mich vors Hoffenster und stellte mein Frühstück auf der Fensterbank ab. Es war ein wenig kühl, ich traute mich, den Regler am Heizkörper zu drehen, und hoffte, dass es damit wärmer werden würde. Ich hatte das einmal beim Hausmeister beobachtet. Während ich aß, schaute ich auf den Hof hinaus. Immer noch kein Bus und keine Menschenseele weit und breit.

Ich konnte es nicht verstehen, irgendjemand musste mich doch vermissen? Sybille würde mich niemals vergessen. Oder doch? War sie so glücklich darüber, Weihnachten bei einer Familie zu verbringen, dass sie gar nicht mehr an mich dachte?

Am See in der Ferne erkannte ich Herrn Bierbaum, er ging dort mit seiner Frau spazieren. Ich sprang auf, machte mich bemerkbar, klopfte gegen die Scheibe. Ich konnte das Fenster nicht öffnen, denn auch mit Hocker erreichte ich die Klinke nicht.

»Hallo«, schrie ich immer wieder, so laut ich konnte. Doch Herr Bierbaum ging weiter, drehte sich nicht ein einziges Mal um. Klar, wie sollte er mich auch hören, er war zu weit entfernt. Ich fragte mich, wenn er da spazieren ging, wo war wohl der Bus? Ich ließ mich auf den Stuhl sinken. Es hatte alles keinen Sinn, weder das Klopfen noch die Schreie.

Gerade, als ich merkte, dass meine Augen sich mit Tränen füllten, machte ich unter der Hecke, die ums Grundstück stand, einen Schatten aus. Schnell wischte ich mir über die Augen und starrte gespannt auf die Stelle. Was war das? Eine Ratte? Nein, es schimmerte heller. Eine Katze könnte da eher passen, es war etwas Weißes. Ich kniff die Augen zusammen, dachte, ich könnte so besser fokussieren.

»Es ist ein Hund!«, rief ich erfreut. Ich sprang ein weiteres Mal vom Stuhl auf und bald wäre mir der Teller von der Fensterbank gerutscht. Im letzten Moment fing ich ihn auf. Ein kleiner weißer Hund schnupperte an der Hecke, lief zum Spielplatz hinüber. Aufgeregt verfolgte ich ihn mit den Augen. Mit einem Mal blieb er stehen, drehte sich um und wedelte wild mit dem Schwanz. Er blickte in Richtung Toreinfahrt. Dort kamen eine Frau und ein Mann um die Ecke, an der Leine hatten sie einen braunen Hund. Sichtlich glücklich lief der Kleine auf den anderen zu, sodass sich die Leine um beide verhedderte. Ich versuchte es wieder mit klopfen und rufen. Die Frau sah auf und winkte mir zu. Ich hielt den Atem an, war das wirklich passiert oder hatte ich mir das Zurückwinken eingebildet? Nun schaute der Mann hoch und auch er hob die Hand zum Gruß. Nachdem die Frau den weißen Hund angeleint hatte, kamen sie aufs Haus zu. Sie stellten sich unterhalb meines Fensters und riefen mir etwas zu. Ich konnte sie nicht verstehen und überlegte angestrengt, was ich machen sollte.

»Ich geh runter zur Toilette, da ist ein Glasbaustein, der ist immer offen, damit frische Luft reinkommt!«
Einen Versuch war es wert, ich stürmte die Stufen hinunter in die Mädchentoilette. Kletterte dort auf den Toilettendeckel und rief, so laut ich konnte. Dann vernahm ich leises Winseln eines der Hunde. Der andere bellte laut.

»Hallo, hier bin ich«, schrie ich.

»Stella?« Eine weibliche Stimme sprach meinen Namen aus.

»Ja?«

»Ich bin Regina, eine Freundin von Frau Beier.«

»Wo ist Frau Beier? Wieso hat man mich vergessen?« Ich schluchzte laut auf.

»Das erklären wir dir alles. Jetzt höre erst mal gut zu. Frau Beier hat mir gesagt, im Büro gibt es einen Schlüssel für die Haustür. Den musst du holen und uns die Tür aufmachen.«

»Aber ich darf keinem Fremden öffnen.«

»Wir sind dir fremd, doch wenn wir Frau Beier nicht kennen würden, woher sollten wir wissen, wo sie einen Ersatzschlüssel aufbewahrt?«

Ich dachte kurz nach. »Das stimmt. Wo finde ich den Schlüssel?«

»Geh bitte ins Büro zum Schreibtisch. In der zweiten linken Schublade ist ein rotes Kästchen, darin befinden sich einige Schlüssel. Du nimmst es und dann musst du jeden ausprobieren, bis du den richtigen gefunden hast. Hast du das verstanden?«

»Und ich kann einfach so an den Schreibtisch gehen? Ich darf das?«

»Frau Beier hat uns schon erklärt, dass du das fragen wirst, wir sollen dir Folgendes sagen: Stella, du darfst alles machen, was dir Regina und ihr Mann Matt sagen. Denk an unser Spiel. In dem ist alles erlaubt.«

»Sie hat dir unser Spiel verraten?«

»Nein, nur dass ihr ein geheimes Spiel habt. Sie meinte, wenn ich es dir sage, dann würdest du mir vertrauen, denn nur ihr beide wisst darüber Bescheid.«

»Gut, ich gehe ins Büro und hole das Kästchen. Dann komme ich zur Tür und werde alle Schlüssel ausprobieren.« Ich stieg von der Toilette, ging die Stufen hoch, den Flur entlang. Am Hoffenster blieb ich stehen und schaute, ob die Leute noch da waren, dann setzte ich meinen Weg fort zum Büro. Unschlüssig blieb ich davor stehen.

Uns Kindern war es zwar erlaubt, dort hineinzugehen,

doch nicht, wenn niemand sich in dem Raum befand. Aber die Frau wusste von dem geheimen Spiel. Frau Beier und ich spielten immer, was wäre, wenn es erlaubt sei, etwas Unerlaubtes zu machen. Wir hatten immer die tollsten Ideen und lachten viel bei dem Spiel. Tief atmete ich durch und traute mich, die Klinke hinunterzudrücken. Vorsichtig ging ich zum Schreibtisch, zog die Schublade auf und holte das Kästchen heraus. Es klapperte darin. Flott lief ich die Stufen hinunter zur Haustür. Durch die Glasscheibe erkannte ich, dass die Frau und der Mann dort standen. Und die beiden Hunde, die an der Schwelle schnupperten. Einen Schlüssel nach dem anderen probierte ich aus, bis ich endlich den richtigen erwischte. Ich hielt kurz inne, überlegte, ob ich den Menschen vertrauen konnte. Würden mich die Hunde beißen? Ich ging einen Schritt zurück.

»Was ist?«, rief Regina.

Ich zeigte auf die Hunde.

»Die tun nichts, das sind Welpen, erst wenige Monate alt«, antwortete sie, drehte sich zu dem Mann, reichte ihm beide Leinen und er entfernte sich ein Stück. Das gab mir Mut und ich öffnete vorsichtig die Tür.

»Gut gemacht, Stella«, lobte sie mich. Die Hunde zogen heftig an den Leinen, wollten auf mich zu laufen. Der Mann hielt sie zurück, bückte sich zu ihnen hinunter und streichelte sie.

»Darf ich reinkommen?«, fragte Regina.

Ich nickte, ging ein Stück zurück. So ganz geheuer war mir die Angelegenheit nicht. Ich war es nicht gewohnt, allein mit Fremden zu sprechen. Regina kniete sich vor mich, legte sanft die Hände auf meine Arme. Die waren so kalt, dass mir eine Gänsehaut über den Rücken lief.

»Oh, entschuldige«, Regina zog die Hände zurück und rieb sie.

»Warum hat man mich vergessen? Ich musste doch nur noch mal schnell Pipi«, brach es aus mir heraus und ich fing an zu weinen. Regina zog mich in ihre Arme, nun war mir egal, ob sie kalte Hände hatte oder nicht, ich war froh nicht mehr allein zu sein.

»Dürfen mein Mann Matt und die Hunde reinkommen? Dann machen wir die Tür zu, damit die Kälte nicht reinzieht, setzen uns in die Küche und wir erzählen dir, was passiert ist.«

Ich nickte. Mit Abstand folgte uns Matt mit den Hunden. Erst als ich auf dem Stuhl saß, sah ich mir die beiden Welpen näher an. Die sahen süß aus. Der weiße war eine Art Collie und der braune mit den kurzen Haaren, da wusste ich nicht, was das für eine Rasse sein könnte.

»Halt ihnen deine Hand hin, dann können die beiden deinen Geruch aufnehmen. Sie werden dir nichts tun, dafür sind sie viel zu verspielt«, sagte Matt zu mir. Unsicher sah ich ihn an.

»Du brauchst keine Angst zu haben, ganz bestimmt nicht«, beruhigte mich Regina. Und da traute ich mich, hielt meine Hand hin und die beiden schnupperten erst, dann leckten sie mir darüber. Das kitzelte, ich musste lachen und merkte, meine ganze Angst verschwand. Ich bückte mich zu den beiden und streichelte sie.

Nach einiger Zeit sagte Regina: »Stella, setz dich, du kannst gleich wieder mit den Hunden spielen. Ich erzähle dir nun, was vorgefallen ist.«

Neugierig nahm ich Platz.

»Als der Bus den Treffpunkt in der Stadt erreicht hatte, war erst aufgefallen, dass du nicht im Bus warst.«

»Aber Sybille, hat die das denn gar nicht bemerkt?« Ich war enttäuscht.

»Frau Beier hat mir erzählt, Sybille hatte sich ganz nach vorn neben ein anderes Mädchen gesetzt und erst, als sie in der Stadt angekommen waren, gemerkt, dass du nicht da warst. Sofort hat sie Frau Beier darauf aufmerksam gemacht.«

»Stimmt das?«

Regina nickte. »So hat Frau Beier mir das erzählt.«

»Und dann?«, fragte ich vorsichtig.

»Die Kinder wurden an die Familien übergeben, die sie zum Weihnachtsfest eingeladen haben. Wie heißt noch der Busfahrer?«

»Herr Bierbaum.«

»Richtig, der brachte den Bus in eine Werkstatt, weil die Inspektion während der Zeit durchgeführt werden soll, in der ihr Kinder alle bei den Familien untergebracht seid. Weißt du, was das ist?«

Ich zuckte mit den Schultern.

»Da wird geschaut, ob bei dem Wagen alles in Ordnung ist.«

Ich nickte.

»Frau Beier hat sich ein Taxi kommen lassen und war auf dem Weg zurück zum Heim.«

»Aber sie war nicht hier.«

»Nein, das konnte sie nicht. Das Taxi wurde in einen Unfall verwickelt, Frau Beier hat sich dabei eine

Verletzung zugezogen und wurde sofort ins Krankenhaus gebracht.«

»Oje, nein …« Ich fing zu weinen an.

»Beruhige dich. Es geht ihr gut. Das Problem dabei, dass ihre Tasche in dem Taxi geblieben war. Und Frau Beier hatte ihr Bewusstsein verloren. Verstehst du, was ich meine?«

»Nicht ganz.«

»Nun sie war so eine Art von eingeschlafen und konnte niemandem Bescheid geben, dass du hier im Heim allein zurückgeblieben bist. Erst als sie wach wurde, bat sie eine Krankenschwester, bei mir anzurufen und mich zu bitten, herzukommen und dich zu uns zu holen.«

»Das heißt …«

»Du wirst Weihnachten mit uns verbringen.«

»Aber …«

»Frau Beier ist meine beste Freundin. Wir sind seit unserer Kindheit miteinander befreundet.«

»Mhm …«

»Sie wird heute aus dem Krankenhaus entlassen, es geht ihr gut und dann kommt sie und wir werden alle zusammen sein«, sie zeigte auf Matt und die Hunde, »wir werden gemeinsam Weihnachten feiern. Was hältst du davon?«

»Aber ich sollte doch zu einer anderen Familie.«

»Bitte nicht traurig sein, doch dieses Pärchen war nicht am verabredeten Platz gewesen.«

»Das heißt, die wollten mich nicht mehr?«

»Ich habe bei dem Ehepaar angerufen und nachgefragt, sie hatten es sich kurzfristig anders überlegt und wollten lieber in den Süden fliegen, um dort Sonne aufzutanken, so haben sie es gesagt.«

»Weil ich nicht gut genug für sie bin?« Ich war traurig, dass dieses Pärchen mich nicht haben wollte, ich war ein ganz liebes Kind.

»Sie haben sich entschuldigt und gesagt, dass es ihnen leidtue für dich, es hätte nichts mit dir zu tun.«

»Wirklich nicht?«

»Nein. Leider kommt es schon mal vor, dass Menschen auf einmal Angst bekommen, die Verantwortung für ein fremdes Kind zu übernehmen.«

»Ich verstehe das nicht so ganz, was soll ich denn jetzt machen?« Ich stand auf und streichelte die Hunde.

»Deinen Koffer holen. Dann schließen wir ab und gehen zu uns.«

»Wir fahren nicht mit dem Auto?«

»Nein, wir wohnen keine zehn Minuten entfernt.«

Ich nickte, dann lief ich in den Flur, holte das Geschirr und stellte alles ins Spülbecken. Ich wollte abspülen, da meinte Regina, sie würde das für mich machen.

»Was für ein tolles Mädchen«, hörte ich sie sagen, als ich den Raum verließ. Ich blieb an der Tür stehen.

»Da hast du recht, dabei ist sie erst sieben Jahre alt. Stell dir vor, die ganze Nacht allein in dem großen Haus. Ganz schön tapfer.«

Die Hunde fingen zu bellen an. Ich erschrak und ging zum Kinderzimmer. Dort schloss ich den Koffer, der offen auf dem Bett lag, schulterte den Rucksack und ging zurück. Als ich an der Heizung im Flur vorbeikam, stellte ich sie kleiner, den Stuhl vor dem Hoffenster schob ich an die Seite. Ich schaute hinaus, dort tanzten kleine Schneeflocken vom Himmel herab. »Es schneit«, rief ich durch den Flur, als ich wieder die Stufen runtergegangen war. Regina, Matt und die Hunde standen bereits an der Haustür. Matt nahm mir den Koffer ab und Regina schloss hinter uns die Tür.

»Möchtest du einen der Hunde an der Leine führen?« Matt sah mich an. Ich nickte.

»Wie heißen die eigentlich?«, fragte ich, während er mir die Leine des weißen Hundes reichte.

»Das ist Benji und der braune heißt Don.«

»Hey, Benji und Don, ich bin Stella.« Ich streichelte jedem den Kopf. Benji zog an der Leine und wollte hinter Don her. So schnell konnte ich gar nicht folgen, das fiel Matt offenbar auf und er wurde langsamer, sodass die Hunde gleichauf gingen und ich neben Matt und Regina. Ich war stolz, dass die beiden mir Benji anvertrauten. Schnell vergessen, dass ich die ganze Nacht allein gewesen war.

Matt ließ die Hunde im Garten vor dem Haus von der Leine. Das Grundstück war eingezäunt, sodass sie nicht weglaufen konnten. Die beiden Rüden stürmten los, als wäre der Teufel hinter ihnen her. Außer Rand und Band rannten sie bis zum Gartenende und wieder zurück. Regina schloss die Haustür auf und ließ mich vorangehen. Wow, war das ein schöner Flur. An den Wänden hingen bunte Lichterketten. Ich zog meine Schuhe aus, stellte sie an die Seite.

»Die hättest du ruhig anlassen können, bis wir deinen Koffer ausgepackt haben, du hast sicherlich ein paar Hausschuhe dabei«, meinte Regina.

»Ja, im Rucksack.« Ich holte sie heraus, schlüpfte

hinein. Dann zeigte mir Regina die gesamte Wohnung. Eine richtig große Küche mit einem anschließenden Essbereich, danach folgte das geräumige Wohnzimmer. In der ersten Etage lagen Schlafzimmer, ein Büro, zwei Gästeräume und zwei Bäder. Und in jedem Zimmer gab es bunt geschmückte Tannenäste mit Lichterketten. Der Duft nach Orangen und Zimt lag in der Luft.

»Du kannst dir eins der beiden Zimmer aussuchen«, schlug Regina mir vor. »Das andere bekommt dann meine Freundin Jacqueline, ich meine damit Frau Beier.«

»Ich kenne ihren Vornamen.« Ich lächelte und schaute mir beide Zimmer genau an. Lief zum einen, dann nochmals ins andere, und zwar zu den Fenstern. Dann traf ich meine Entscheidung. »Ich möchte da schlafen, wo ich auf den Hof schauen kann. Darf ich bitte?«

»Natürlich, ganz wie du möchtest.«

Matt trug den Koffer ins grünlich gestrichene Zimmer und legte ihn aufs Bett. »Du kannst all deine Sachen in den Schrank legen oder in die Schubladen der Kommode. So, wie du das gerne hast.« Dann verließ er den Raum, denn es hatte an der Tür geklingelt. Regina folgte ihm und ich packte aus. Da hörte ich eine mir wohl vertraute Stimme, ich hielt inne und ging die Stufen hinunter.

»Frau Beier«, rief ich und wäre am liebsten losgestürmt, um sie zu umarmen, so glücklich war ich darüber, jemanden zu sehen, der mir nicht fremd war. Aber ich tat es nicht. Der Verband an ihrem Arm und die zwei Pflaster an der Stirn hinderten mich daran. Ich wollte ihr doch nicht wehtun.

»Stella.« Frau Beier kniete sich nieder und zog mich trotz Verband in die Arme. »Bin ich froh, dass es dir gut geht, meine Kleine. Du kannst dir nicht vorstellen, was ich mir für Sorgen gemacht habe, als du nicht im Bus warst.«

»Ich musste Pipi ...« Ich senkte den Blick, hielt die Tränen zurück.

»Es war meine Schuld, dass ich nicht durchgezählt habe, als ihr eingestiegen seid. Aber jetzt ist ja alles gut, dir ist nichts passiert.«

»Aber Ihnen, Frau Beier ...«, flüsterte ich. »Daran bin ich schuld.«

»Aber nein, ein Auto hat ein Stoppschild nicht beachtet und war in einen anderen Wagen gefahren. Der Taxifahrer konnte nicht so schnell bremsen und fuhr auf. Ich habe mich am Kopf verletzt und dabei das Bewusstsein verloren. Erst im Krankenhaus war ich wieder richtig zu mir gekommen und dann dauerte es noch eine Zeit, bis ich endlich der Schwester sagen konnte, dass sie Regina und Matt anrufen solle, damit sie nach dir schauen konnten. Es tut mir so leid. Hattest du große Angst in dem Haus, so ganz allein?«

Ich schluckte. »Nur ein wenig. Ich hab am Hoffenster gesessen, damit ich nicht verpasse, wenn mich jemand abholen kommt. Ich hab sogar dort geschlafen.«

»Du bist ein tapferes Mädchen.«

»Frau Beier?«

»Ja.«

»Ich hab die Heizung höher gedreht, aber jetzt ist sie wieder kleiner gestellt.«

Sie strich mir über den Kopf. »Hast du alles richtig gemacht. Stella, sag doch bitte Jacqueline zu mir. Denn wir beide werden gemeinsam mit Regina und Matt

Weihnachten feiern. Magst du das?«

»Und Benji und Don.« Ich umarmte sie und flüsterte, »Jacqueline.« Ich war glücklich.

Die Tage bis zum Weihnachtsfest vergingen wie im Flug. Wir spazierten oft mit den Hunden im Park bis hin zum See. Abwechselnd durfte ich die Rüden allein an der Leine führen. Einmal trafen wir sogar Herrn Bierbaum. Der war ziemlich erstaunt über die Geschichte, die wir ihm erzählten. Ich freundete mich schnell mit allen an, ganz besonders mit den Hunden. Sie kamen ständig in mein Zimmer und obwohl Matt es verboten hatte, sprang Don hin und wieder aufs Bett, legte sich dort lang und schlief ein. Auch in der Nacht spürte ich ihn zu meinen Füßen liegen. Benji lag vor dem Bett auf einem flauschigen Teppich. Er fing sofort an zu schnarchen, wenn er es sich dort gemütlich machte. Gemeinsam mit Regina backte ich Kekse und Stollen und jeden Abend bekam ich einen Becher heiße Milch mit Honig.

Draußen war es kühler geworden, ab und an schneite es und wir hofften auf eine weiße Weihnacht. Den beiden Hunden schien die Kälte nichts auszumachen, denn sie wälzten sich auf der leichten Schneedecke. Matt fuhr mit mir zu einem Waldstück, dort durfte ich einen Tannenbaum aussuchen, den der Förster für uns schlug.

Gemeinsam mit Jacqueline und Regina schmückte ich den Baum, während Benji und Don ständig versuchten, die Kugeln von den Ästen zu holen, indem sie an den Bändern zogen. Nachdem Matt öfters mit ihnen geschimpft und sie wiederholt weggezogen hatte, und wenn sie gehorchten, ihnen ein Leckerchen gab, hörten sie damit auf und sahen sich den Baum nur noch aus einem Meter Entfernung an, so wie Matt es ihnen beigebracht hatte.

Ich fühlte mich so gut mit allen, dass ich mir in der Nacht vor dem Heiligen Abend beim lieben Weihnachtsmann wünschte, ich dürfte hierbleiben. Ich wusste, der Wunsch konnte nicht in Erfüllung gehen, denn Matt und Regina würden im Januar für ein Jahr beruflich nach Brüssel gehen. Dazu kam, ich würde auch nicht im Heim bleiben können. Jacqueline erzählte den beiden, dass das Heim geschlossen werden würde. Die Kinder kämen alle bei den Familien unter, die sie zu Weihnachten eingeladen hatten. Bis auf mich hatte sie gesagt.
Ich hielt mir die Hand vor den Mund, um nicht schreien zu müssen. Sie hatte recht, denn das Ehepaar, das mich zu Weihnachten eingeladen hatte, wollte mich ja nicht. Das alles hatte ich gehört, als ich spät ins Bad musste, und leider das Gespräch zwischen den drei Erwachsenen belauschte. Ich war mir bewusst darüber, dass Jacqueline immer sagte, dass wir nicht lauschen dürften, aber so war es halt gekommen. Und ich bereute, dass ich unartig war. Traurig schlich ich ins Bad und danach kroch ich unter meine Bettdecke. Dort weinte ich mich in den Schlaf und hoffte, dass Christkind würde mir zur Hilfe kommen.

»Stella, heute kommt der Weihnachtsmann«, weckte mich Jacqueline und rüttelte sanft an meiner Schulter. Ich streckte und drehte mich zu ihr um.
»Sag mal, du hast ja ganz rote Augen. Bist du krank?«

Sie legte die Hand auf meine Stirn. »Fieber hast du keins.«

Ich setzte mich auf, zog die Bettdecke bis zum Kinn, hielt mich daran fest und schon liefen die Tränen erneut.

»Stella, hast du schlecht geträumt?«

Ich schüttelte den Kopf.

»Magst du mir sagen, was du hast?«

Ich zog die Schultern hoch, schämte mich, dass ich am Abend zuvor gelauscht hatte.

»Bitte sag mir, was los ist. Fühlst du dich nicht wohl?« Don sprang auf die Decke und legte seine Schnauze auf meinen Bauch. Benji setzte sich neben das Bett und sah mich an.

»Die Hunde spüren, dass etwas nicht mit dir stimmt. Bitte sprich mit mir«, bat Jacqueline.

Ich schluckte. »Ich …«, stotterte ich, »ich habe etwas gemacht, was ich eigentlich nicht darf.« Ich wagte mich nicht, in Jacquelines Augen zu sehen.

»Ich verspreche, ich werde nicht böse auf dich sein, hilft dir das, mir zu sagen, was dich bedrückt?«

Schüchtern nickte ich. Don stupste mich mit seiner feucht kühlen Nase an, ich streichelte ihn, während ich mein Lauschen beichtete. Als ich am Ende war, weinte ich bitterlich. Jacqueline versuchte mich mit lieben Worten zu beruhigen. Es dauerte eine Weile. In der Zwischenzeit hatte auch Benji den Weg aufs Bett gefunden. Beide Hunde lagen nun dort und schauten mich aus treuen Augen an.

»Wo komme ich denn hin, ich habe keine Familie, die mich haben möchte. Und warum wird das Heim geschlossen und wo wirst du dann arbeiten?«, sprudelte es aus mir heraus, nachdem ich mich gefangen hatte. Jacqueline legte eine Hand unter mein Kinn, hob es an, sodass ich sie anschauen musste. »Der Besitzer des Grundstückes ist verstorben und die Erben haben bereits vor einem Jahr die Kündigung fürs Haus ausgesprochen. Sie haben das Land an eine Supermarktkette verkauft. Das Haus wird abgerissen, dort kommt der Markt hin und aus dem Spielplatz wird ein Parkplatz. Das Heim lebt von privaten Spenden und wir bekamen nicht genug Euros zusammen, um das gesamte Grundstück dieser Erbengemeinschaft abzukaufen. Uns blieb somit nur übrig, die Kinder zu vermitteln, das haben wir geschafft, damit jeder von euch ein neues Zuhause bekommt. Die Hoffnung auf das junge Pärchen ist leider nicht in Erfüllung gegangen. Aber darüber brauchst du nicht traurig zu sein. Die waren nicht bereit, die Verantwortung zu übernehmen und lieber jetzt, als wenn du dich bei ihnen eingelebt und sie es erst dann festgestellt hätten.« Sie strich mir übers Haar.

»Und wo werde ich wohnen?«

»Hast du das denn nicht mitbekommen bei deinem Lauschen?« Heftig schüttelte ich den Kopf und in mir kam Hoffnung auf, dass auch ich eine Familie haben würde.

»Nun gut, dann steh erst mal auf, geh dich waschen, zieh dich an und komm in die Küche, dann werden Regina, Matt und ich dir alles erzählen. Einverstanden?«

Mit Schwung sprang ich aus dem Bett, sodass Benji und Don erschraken, aber nur ganz kurz, danach liefen sie wie wild hinter mir her ins Bad und blieben an meiner Seite, bis ich fertig war. Dann zurück ins Zimmer, sie wichen keinen Zentimeter von mir, bis ich endlich angezogen war und wir in die Küche gingen.

Der Tisch war gedeckt und am Adventskranz brannten alle vier Kerzen. Es roch nach Pfannkuchen, die Regina für uns zubereitete. Mir lief das Wasser im Mund zusammen. Ich war aufgeregt und hoffte, endlich würden sie mir alles erzählen, doch ich musste mich gedulden. Erst als die Hunde gefüttert waren und alle Erwachsenen am Tisch saßen, fing Jacqueline an zu sprechen. »Es tut mir leid, dass du in der Nacht geweint hast.« Sie sah mich an.

»Mir tut leid, dass ich gelauscht habe ...«

»Leider nicht lange genug. Denn Regina, Matt und ich haben uns etwas überlegt.« Sie sah kurz in die Runde. Reginas und Matts Augen leuchteten, da konnte es nur etwas Gutes sein, was ich zu hören bekommen würde.

»Du weißt ja, dass die beiden nach Brüssel gehen, deren Arbeitgeber hat es ihnen erst vor einer Woche gesagt, dass die Filiale dorthin verlegt würde. Sie sollen sie aufbauen und nach einem Jahr könnten sie zurück nach Köln.«

Ich nickte.

»Gestern Abend kam uns eine Idee. Die Hunde können sie nicht mitnehmen, in der Wohnung, die von ihrem Arbeitgeber angemietet wurde, dürfen keine Tiere mit genommen werden.«

»Oje!«, sagte ich lauter als gewollt.

»So haben wir überlegt, Don und Benji bleiben bei dir und mir hier in dem Haus.«

Ich hielt den Atem an. Hatte ich das richtig verstanden? Mein Blick muss wohl ziemlich verwirrt ausgesehen haben, denn Jacqueline drückte meine Hand, ehe sie weitersprach. »Das Heim wird Ende Januar geschlossen, bis dahin werden alle Kinder bei den jetzigen Gastfamilien untergekommen. Ich werde für dich einen Antrag beim Amt stellen, dass ich deine Pflegemutter sein möchte, und wenn du damit einverstanden bist, würde ich dich gerne adoptieren. Das wird nicht von heute auf morgen gehen, aber ich denke, es wird keine Bedenken vom Amt her geben, warum es nicht so sein könnte. Wir ziehen in Matts und Reginas Haus, weil sie dankbar sind, dass sich jemand während ihrer Abwesenheit um das Anwesen kümmert, und die Hunde bräuchten sich nicht an eine neue Gegend zu gewöhnen. Was hältst du davon?«

Ich schluckte ein weiteres Mal und kam mir vor wie in einem Traum. Ich hätte dann eine Pflegemutter, die ich schon immer mochte, und um ehrlich zu sein, hatte ich mir heimlich gewünscht, sie könnte meine Mutter sein. Dazu kamen jetzt ein neues Zuhause und zwei Hunde. Wahnsinn, mit so vielen Geschenken hatte ich nun nicht vom Christkind gerechnet, das reichte für ein ganzes Leben. Ich stand auf und ließ mich in die Arme meiner zukünftigen Mutter fallen. Zum ersten Mal hatte ich ein seltsam warmes Gefühl im Bauch und wieder weinte ich, doch nun vor lauter Glück.

»Aber du verlierst deine Arbeit«, meinte ich ein wenig traurig und schaute zu Jacqueline auf.

»Ich werde mich nach einer neuen Stelle umschauen. Oder was hältst du davon, wenn ich eine Tagesmutter werde?«

»Das heißt, wir hätten täglich noch andere Kinder im

Haus?«

»Ja.«

Vor Freude klatschte ich in die Hände, das brachte Don und Benji dazu, an mir hochzuspringen. Sie forderten mich auf, mit ihnen zu spielen. »Darf ich in den Garten?«

»Lass uns erst in Ruhe frühstücken, danach könnt ihr rumtollen, so viel ihr wollt«, meinte Matt. Schnell setzte ich mich auf meinen Platz, die Hunde zu meinen Füßen, in deren Hoffnung, dass ein Brotkrümel herunterfallen würde.

Die meiste Zeit des Tages verbrachte ich mit Don und Benji im Garten oder ging mit Matt zusammen spazieren am See. In der Zwischenzeit bereiteten Jacqueline und Regina das Essen zu und deckten den Tisch festlich für den Heiligen Abend. Als wir zurückkamen, duftete es verführerisch im Flur. Die Hunde hoben ihre Schnäuzchen in die Höhe und liefen mir voraus in die Küche, aus der sie von Regina gescheucht wurden. Ich lächelte, als ich sah, wie sie sich auf der Türschwelle zur Küche platzierten und ihr Frauchen nicht aus den Augen ließen.

Als ich später glücklich und zufrieden im Bett lag, Don zu meinen Füßen, Benji auf dem flauschigen Teppich, dankte ich dem Christkind für das schönste Geschenk in meinem Leben. Endlich hatte auch ich eine Familie gefunden. Ich dachte an Sybille, ob sie es auch so gut wie ich getroffen hatte? Wenn wir nach Silvester uns alle im Heim wiedertrafen, hatten wir viel zu erzählen. Denn nichts würde mehr sein wie zuvor. Ich freute mich bereits auf die große Abschiedsfeier und Sybille würde ich versprechen, dass wir uns nie aus den Augen verlieren dürften. Nun schloss ich meine Lider, denn ich war müde von all dem Erlebten.

»Gute Nacht, Don und Benji, ich hab euch lieb. Und gute Nacht, meine baldige Mutti.« Ich sah auf, an der Tür bewegte sich ein Schatten.

»Gute Nacht, mein Kind«, hörte ich Jacquelines warme Stimme. »Frohe Weihnachten.«

GLITZER UND GLAMOUR

Auf das, was da noch kommt …«, sang Leonie den Radiosong von Max Giesinger laut mit.

Kurz darauf parkte sie den Wagen auf der elterlichen Einfahrt. Wie jeden Freitag, in ihrer Mittagspause, brachte Leonie den Eltern Gemüse, Eier und Obst, von dem Hof, der in der Nähe ihres Hauses lag. Sie stieg aus dem Wagen, strich sich den Designer Hosenanzug glatt, nahm von der Rückbank den Mantel, zog ihn über. Dann holte sie aus dem Kofferraum den Gemüsekorb. An der Haustür klingelte sie zwei Mal lang, drei Mal kurz, dass Zeichen für die Eltern, damit sie sich nicht erschrecken würden, wenn plötzlich jemand im Haus stand. Leonie schloss die Tür auf, Reggae Musik schallte ihr laut entgegen. Als sie vom Flur aus in die Küche ging, wäre sie bald über eine Reisetasche gestolpert. Im letzten Moment konnte sie sich an der Wand abfangen, bevor der Korb sich auf dem Boden leeren würde. Dann stellte sie die Sachen auf der Küchenzeile ab.

»Hallo, ich bin da«, rief sie, war sich jedoch sicher, dass sie bei der Lautstärke niemand hören würde. Sie zog den Mantel aus, ging ins Wohnzimmer und blieb erstaunt auf der Türschwelle stehen. Tisch und Couch waren an einer Wand zusammengeschoben, der Teppich aufgerollt. Ihre Mutter Mathilda schien Hausputz zu halten und sich dabei von den rhythmischen Klängen in Schwung zu bringen, dachte Leonie. Und der Vater? Sie lächelte vor sich her. Der würde sich wahrscheinlich in seinen Hobbywerkstattkeller zurückgezogen haben. Sie ging auf den Flur und hörte Stimmen. Diese kamen aus der Garage. Der Vater hatte bei Planung des Hauses darauf bestanden, dass sie vom Flur aus in die Garage gehen konnten. Leonie öffnete die angelehnte Tür und schaute ein weiteres Mal erstaunt. Dort standen die Eltern am Kofferraum des Komfortkombis und zogen eine Palme nach der anderen von der Ladefläche.

»Hallo ihr beiden.« Leonie ging näher. Beide sahen auf.

»Leonie? Ist es schon so spät. Wir haben gar nicht mitbekommen, dass du geklingelt hast.« Die Mutter kam auf sie zu, gab ihr einen Kuss auf die Wange. Der Vater wischte sich Schweiß von der Stirn.

»Du kannst uns gleich mal helfen, die Palmen ins Wohnzimmer zu bringen.« Der Vater nahm sich einen der Töpfe und hob ihn an.

»Was ist denn mit euch los? Und wie seht ihr eigentlich aus? Soll das eine Kostümierung für eine Karnevalssitzung sein? Und die Reisetasche im Flur? Und was hat das mit den vielen Palmen auf sich.« Leonie zählte sieben an der Zahl.

»Nimm dir eine Pflanze, trag sie bitte hoch ins Wohnzimmer, dann stelle ich die Musik leiser und beantworte all deine Fragen.« Der Vater ging voraus.

»Nimm auf dem Sofa Platz.« Leonie kam Mutters Aufforderung nach und war gespannt auf die Erklärung über das seltsame Verhalten der Eltern, die sich auf den Boden hockten. Sofort sprang Leonie vom Sofa auf. »Also ehrlich, das ist nicht euer Ernst, oder?«

»Setz du dich mal wieder hin.« Mit einer bittenden Handbewegung unterstrich der Vater seine Worte.

Langsam wurde es Leonie mulmig im Bauch. Was war mit den Eltern passiert?

»Meine liebe Tochter, nun kommen wir zu deinen Fragen.« Der Vater zwinkerte seiner Frau zu. Leonie konnte das nicht einordnen und bekam langsam Angst.

»Ist es etwas Schlimmes, was ihr mir zu sagen habt?«

»Wie kommst du denn auf solch eine Idee?«

»Na, ihr tragt bunte Mützen, habt das Wohnzimmer umgeräumt, die ganzen Palmen, was hat das zu bedeuten?« Sie atmete tief durch. Sah erst zum Vater, dann zur Mutter.

»Wir haben uns vorgenommen zu verreisen, und zwar nach Jamaika«, rückte der Vater endlich raus.

»Jamaika? Ihr seid in eurem gesamten Leben noch nicht ein einziges Mal geflogen und dann direkt so weit, und ausgerechnet jetzt zur Adventszeit, die ihr doch über alles liebt und euch normalerweise keine zehntausend Pferde wegbringen könnten.« Leonie beugte sich nach vorne, um den Eltern tief in die Augen zu schauen.

»Na ja, wir verreisen in unserem Wohnzimmer.« Liebevoll lächelte die Mutter Leonie an. Diese blieb stumm sitzen, schluckte heftig und da kam sie wieder die Angst, dass etwas Erschreckendes hinter all dem Handeln der Eltern stecken würde.

»Was schaust du so schockiert. Wir machen uns hier einen kleinen Palmenstrand, mit Liegen, mixen uns ein paar Drinks, lassen uns dazu aus dem Karibikrestaurant Speisen liefern, hören Bob Marley und drehen die Heizung hoch, damit wir ein wenig tropisches Klima …«

»Habt ihr irgendwelche Pillen geschluckt oder etwas anderes … geraucht?« Leonie schüttelte den Kopf. Was war denn bloß in die Eltern gefahren? Das konnte nichts Gutes bedeuten und die beiden schienen ihr nichts sagen zu wollen. Der Vater stand auf, ging in die Küche und kam kurze Zeit später mit einem Tablett zurück, auf dem drei Cocktailgläser standen. »Ich habe die letzten Tage schon mal geübt.« Er reichte der Tochter ein Glas. Sie nahm es entgegen und trank vorsichtig daran. Das war gar nicht mal schlecht, denn sie kannte die Drinks, da sie die Insel Jamaika gerne bereiste.

»Okay, ich kann euch immer noch nicht ganz folgen.«

»Kind, seitdem wir im Vorruhestand sind, ist uns halt bisschen langweilig und da sind wir auf die Idee gekommen, unser Leben ein wenig amüsant zu gestalten und als Erstes setzen wir eine Reise nach Jamaika um. Du und dein Mann haben uns schon so oft davon vorgeschwärmt und da wir nicht fliegen, haben wir gedacht, wir holen uns die Karibik ins Haus. Ist doch ganz einfach zu verstehen oder nicht?«

»Passt nur nicht so ganz in eure so heiß geliebte Adventszeit, oder?« Leonie zog die Augenbrauen hoch.

»Uns ist aber gerade jetzt danach zu verreisen.« Der Vater setzte sich wieder neben die Mutter, zog sie in seine Arme und gab ihr einen Kuss.

»Und ihr schwört mir hoch und heilig, dass es euch gesundheitlich gut geht und ihr euch nur ein wenig den Alltag versüßen wollt, weil euch sonst zu langweilig ist. Darf ich das so verstehen?« Leonie sah die Mutter an, dann den Vater. Beide nickten lächelnd.

»Lass uns den kleinen Spaß.«

»Ihr seid total verrückt, wisst ihr das? So kenne ich euch überhaupt nicht. Wenn es euch Abwechslung bereitet, na dann, wünsche ich euch viel Freude dabei.« Sie sah auf die Uhr. »Meine Mittagspause ist bald zu Ende, ich muss zurück ins Büro. Könnten wir noch schnell den Korb leeren, damit ich ihn für nächste Woche habe.« Sie stand auf und ging in die Küche.

***

Kurz darauf saß sie im Auto, stellte die Fernsprechanlage an und wählte die Nummer ihres Mannes. Der meldete sich bereits nach dem ersten Klingeln und sie erzählte ihm von dem Erlebnis mit den Eltern. Zum Schluss des Telefonats lachten beide. Leonie sogar so sehr, dass ihr die Tränen an den Wangen hinterliefen.

***

»Hast du ihren erst entsetzten, dann heiteren Gesichtsausdruck gesehen?« Mathilda zog sich die Mütze vom Kopf, die sie in den letzten Wochen für sich und ihren Mann in den Nationalfarben der karibischen Insel Jamaika gestrickt hatte.

»Weißt du was, wir genießen das heute mal so richtig.« Der Vater stellte die Musik an und beide tanzten ausgelassen im Zimmer. Bis sie sich außer Atem auf den Boden fallen ließen und Cocktails tranken. Dann holten sie die letzten Palmen aus der Garage, die Liegen, Strandhandtücher und was sonst noch alles zu einem Tag am Meer dazu gehörte.

***

Leonie war gespannt, ob die Eltern aus ihrem selbsterstellten Karibikurlaub zurückgekommen waren. Eigentlich sollten heute die Zwillinge mit zu den Großeltern kommen, so wie sonst alle vierzehn Tage, doch das hatte sie den Kindern ausgeredet und sie mit dem Kindermädchen auf den Waldspielplatz geschickt. Als sie aus dem Auto stieg, konnte sie die Musik der Eltern hören, doch dieses Mal waren es keine karibischen Klänge, sondern Schlager. Sie lachte innerlich, als sie wie gewohnt die Klingel drückte, die bei der Lautstärke eh niemand hören würde, dann den Schlüssel ins Schloss steckte, um die Hofeinkäufe hineinzutragen. Den Korb stellte sie in der Küche ab und staunte nicht schlecht. Die Eltern saßen in Badekleidung auf Liegen, mitten im Wohnzimmer. Zwischen ihnen stand ein Plastikeimer mit zwei unendlich langen Strohhalmen und die Eltern tranken daran. Leonie war sich nicht sicher, ob sie nun doch am Verstand der beiden zweifeln sollte. Zum Glück waren die Zwillinge nicht dabei. Sie ging zur Musikanlage, drehte sie leiser. Erst dann wurden die Eltern auf sie aufmerksam.

»Ach Leonie, ich habe gar nicht gehört, dass du gekommen bist.« Die Mutter tanzte im Foxtrott Schritt auf die Tochter zu. Der Vater sang lautstark: »Ich bau dir ein Schloss, das in den Wolken schwebt ...« und sah die Mutter dabei verliebt an. Auf der einen Seite freute sich Leonie, dass sich die Eltern amüsierten, doch langsam fragte sie sich, was die Nachbarn in der sonst stillen Adventszeit dazu sagen, dass hier Remy Demy abging.

»Danke fürs Gemüse. Im Moment stehen wir auf Currywurst mit Fritten, Döner, Pizza und Nudeln. Ich friere das Gemüse später ein.« Die Mutter ging in die Küche, räumte den Korb aus. Leonie folgte ihr.

»Jamaika ist nicht mehr?«, fragte sie und stellte sich neben die Mutter.

»War uns zu langweilig, drum sind wir ab zum Ballermann nach Mallorca. Ole!« Die Mutter machte die Bewegung eines Stierkämpfers nach, indem sie ein rotes Handtuch nahm und damit mal nach links, mal nach rechts wedelte.

»Geht es dir gut, Mutter?«

»Aber sicher, Kind. Besser denn je.«

»Also ist doch etwas, hast du Schmerzen? Bist du ober Papa krank?«

»Höre endlich auf damit, sonst werden wir davon noch krank. Uns geht es gut, wir wollen nur ein wenig Farbe und Töne in unseren Alltag bringen.«

»Sicher?«

»Ganz sicher. Um uns mach dir mal keine Sorgen. Wieso sind die Kinder heute nicht dabei?«

Leonie räusperte sich. »Mit dem Kindermädchen auf dem Naturspielplatz.«

»Aha.«

Nun stand der Vater von der Liege auf und kam leicht schwankend auf die beiden zu. »Ich glaube«, er lachte laut los. »Ich glaube, ich habe ein bisschen zu viel von der Sangria genascht …«

»Und es ist gerade mal Mittag«, meinte Leonie und schaute ihn besorgt an.

»Ach lass uns doch ein wenig feiern, solange wir es noch können.«

»Also doch krank?«

»Nein und nochmals nein!«, sagte die Mutter.

»Was mich wundert, ihr liebt die Adventszeit, wie niemand anderes den ich kenne und in diesem Jahr habt ihr nicht mal einen Adventskranz oder ein Gesteck. Habt ihr denn überhaupt kein Interesse mehr daran?« Sie schob sich eine Strähne aus dem Gesicht, strich danach über ihr Kostüm, vor lauter Verlegenheit.

»Wir tragen die Adventszeit im Herzen, die kann uns niemand nehmen. Und trotzdem können wir ein wenig chillen«, gab der Vater zur Antwort.

»Chillen? Ich wusste überhaupt nicht, dass dir das Wort geläufig ist.«

»Du meinst, nur weil wir auf die sechzig zugehen, können wir nicht cool sein?«

»Cool? Soll ich mir doch Sorgen machen?«

Spitzbübisch schaute der Vater sie an. »Lass mal fünf gerade sein, liebe Tochter. Hast du schon geschmückt?«

Leonie spürte Hitze in sich aufkommen. Der Vater hatte sie erwischt. »Ein Gesteck habe ich auf dem Wohnzimmertisch. Mehr brauchen wir nicht, denn zu Weihnachten sind wir dieses Jahr in New York«, verteidigte sie sich. »Die Zwillinge freuen sich darauf, dass wir endlich wieder verreisen.«

»So wie die letzten sieben Jahre, seitdem sie auf der Welt sind. Die beiden haben nicht ein einziges Mal Weihnachten kennengelernt, so wie wir es mit dir gemeinsam erlebt haben.« Mathilda zog sich einen Stuhl und setzte sich an den Küchentisch. Ihr Mann tat es ihr gleich. Leonie blieb stehen, schaute auf die Uhr.

»Ist die Mittagspause wieder rum?«, fragte Mathilda und die Tochter nickte.

»Dann bis nächste Woche, bring bitte reichlich Gemüse mit. Zucchini, Aubergine und Tomaten«, bat die Mutter.

»Um die Jahreszeit? Das esst ihr doch hauptsächlich im Sommer und im Winter eure über alles geliebten Kohlsorten.« Erstaunt schaute Leonie beide an. »Wird nicht billig sein.«

»Das macht nichts, wir brauchen das Gemüse für die mediterrane Küche. Wir werden von Mallorca nach Kreta düsen«, sagte der Vater lächelnd.

»Mal ehrlich, ich habe langsam das Gefühl, bei euch tickt es nicht mehr so richtig da oben?« In dem Moment, als sie es aussprach, tat es Leonie leid, die Eltern so angegangen zu sein. »Könnt ihr euch keine andere Freizeitbeschäftigung suchen? Geht im Park spazieren, holt euch einen Hund aus dem Tierheim, der kann euch begleiten. Setzt euch mal in ein Café und fangt endlich an, normal zu sein und eure geliebte und umfangreiche Weihnachtsdeko auszupacken. Ihr seid mir langsam aber sicher unheimlich.« Trotzig kreuzte sie die Arme vor der Brust.

»Bist du fertig? Lass und doch unseren Spaß. Seit wann interessiert dich denn unsere Deko? Denke das ist Kitsch für dich. Wir werden mal ein wenig über Kreta recherchieren, was es dort so alles gibt.« Der Vater nahm sich das Laptop vom Sideboard. »Ich fang mal an zu surfen.« Er zwinkerte der Mutter zu. Leonie bekam bei seinem ständigen Zwinkern den Eindruck, er hätte seit Kurzem ein Augenleiden.

»Dann schau mal unter Matala, vielleicht seid ihr dann das nächste Mal unter die Hippies gegangen«, kam es ironisch rüber. »Ich bin weg, bis nächste Woche. Und bitte, es wäre schön, wenn ihr wieder normal werden würdet.«

***

Sie ging und zog die Haustür heftig ins Schloss. Ich glaub es nicht, dachte sie, die müssen doch irgend- wann wieder zur Vernunft kommen. Das kann ich ja keinem erzählen, dass meine Eltern in Badekleidung, auf Sonnenstühlen unter Palmen, im Wohnzimmer liegen, und sich mit Ballermannmusik volldröhnen und mit Sangria volllaufen lassen. Am helllichten Tag! Sofort rief sie im Auto Simon, ihren Mann an, um ihr Leid zu klagen. Der reagierte locker und Leonie kam es vor, als würde er sich für deren Eltern freuen, dass sie mal so richtig aus sich raus kamen.

Oje, oje, was erwartet mich heute bei meinen Eltern, dachte Leonie. Das Wohnzimmerfenster zur Straße hin, war weiterhin ungeschmückt. Erstaunlicherweise war keine laute Musik zu hören. Nach dem Klingeln öffnete sie die Tür und hoffte weiterhin darauf, dass die Eltern normal geworden waren. Den Korb trug sie in die Küche. Sie nahm süßlichen Geruch wahr. Hatte die Mutter gebacken? Als sie sich umdrehte und ins Wohnzimmer ging, traf sie fast der Schlag. Sie hieb sich mit der Hand vor die Stirn. »Du meine Güte, seid ihr von allen guten Geistern verlassen?« Tränen stiegen ihr in die Augen, bei dem, was sie zu sehen bekam. Die Eltern saßen in einer Art ... ja, was sollte das darstellen? Eine Höhle? In Hippiekleidung, Vater mit Rastalocken, die Mutter mit einem Blumenkranz auf dem Kopf und beide trugen eine überlange Kette mit riesigem Peace Zeichen um den Hals. In der Hand hielt der Vater einen Joint.

»Mach den Joint sofort aus!«, schrie Leonie voller Entsetzen.

»Hey, Sister ...«, sprach der Vater und sah sie aus verklärten Augen an.

»Ich bin nicht deine Sister, ich bin eure Tochter! Könnt ihr bitte, bitte wieder normal werden!« Sie wischte sich Tränen von den Wangen.

»Wir sind auf Kreta, Matala, wie du es uns freudig vorgeschlagen hast. Dort hausten die Hippies in den Sechzigerjahren in solchen Höhlen. Noch heute kannst du die Spuren der Blumenkinder in dem Ort vorfinden. Ein beliebtes Reiseziel.« Der Vater zog am Joint.

»Das weiß ich, schließlich war ich schon mal dort.« Heftig stampfte Leonie mit dem Fuß auf. »Mach den Joint aus! Ich möchte normale Eltern, keine Hippies oder sonst irgendetwas.«

»Peace, Sister.« Der Vater machte das V-Zeichen.

»Ich mache das nicht mehr mit, es reicht mir!« Wütend verließ sie das Haus und ging eine Zeit lang Wut schnaufend die Straße rauf und runter. Dadurch hoffte sie, sich zu beruhigen, bevor sie zurück ins Büro fuhr. Derart aufgelöst konnte sie dort nicht erscheinen.

***

»Denkst du, wir sind zu weit gegangen?« Mathilda schaute zu Emil hinüber. Sie standen am Wohnzimmerfenster hinter den Gardinen und beobachteten Leonie, die seit einer viertel Stunde auf und ab ging. Nicht mal den Mantel hatte sie übergezogen, dabei war es draußen ganz schön kalt. Emil drückte den Erbeerteejoint im Blumentopf aus. Er biss die Lippen zusammen, krauste die Stirn. »Ich befürchte ja.«

»Soll ich rausgehen und ...« Mathilda sah ihn an.

»Bloß nicht, damit machen wir nur alles zu Nichte, was wir in den letzten Wochen detailliert und mit viel Mühe ausgearbeitet haben.« Er zog sie vom Fenster weg.

»Wir warten ab, bis sie losgefahren ist, dann fangen wir an aufzuräumen, so wie jedes Mal, nachdem sie uns den Gemüsekorb gebracht hat. Wir können von Glück reden, dass sie nicht mal zwischendurch vorbeigekommen ist und auch nicht in die anderen Räume geht.« Er zog die Rastalocken aus.

»Ob sie nächste Woche wohl wieder kommen wird?« Mathilda legte den Blumenkranz auf den Tisch.

»Ich denke schon. So wie ich unsere Tochter kenne, ist sie viel zu neugierig, um es nicht zu machen. Hoffentlich nicht vor Freitag. Obwohl, das wäre das erste Mal in den letzten zehn Jahren, dass sie im Dezember vorbeikommt, außer wenn sie uns den Korb bringt. Der Dezember ist halt immer der berufliche Ausnahmemonat.« Ein leichtes Lächeln zog über Emils Lippen. Dann hörten sie, wie der Wagen wegfuhr.

»Los komm, alles in die Garage und dann Adventskranz und Weihnachtsdeko raus. Viel Arbeit und ich hoffe, sie bringt den erhofften Erfolg.« Er nahm sich die gebastelte Höhle und ging Mathilda voran. Sie folgte mit den Palmen.

»Du, Emil, ich pack die Blumentöpfe direkt auf die

Ladefläche, die bringen wir meiner Freundin zurück ins Gartencenter. Ist ja schon irre, dass sie uns die geliehen hat, ohne Fragen zu stellen.« Mathilda stimmte ein Weihnachtslied an und Emil sang mit. Als sie mit dem Aufräumen und Dekorieren fertig waren, ging Mathilda in die Küche.

»Ganz schön viel Aufwand, den wir da betreiben. Denkst du nicht auch? Und was ist, wenn unsere Tochter den Hieb mit dem Zaunpfahl nicht kapiert? Nicht dass sie uns noch einweisen lässt und wir den Heiligen Abend in einer geschlossenen Anstalt verbringen dürfen.« Sie holte sich Backutensilien aus dem Schrank, dann die Zutaten für Stollen und Spritzgebäck. Schon bald duftete es nach leckerem Süßen in der ganzen Wohnung, Weihnachtsmusik erklang aus den Lautsprechern in angenehmer Lautstärke und die Kerzen am Adventskranz zauberten ein sanftes Licht in den harmonisch geschmückten Raum.

***

Am Abend, nachdem die siebenjährigen Zwillinge Carla und Linus schliefen, setzte sich Leonie zu ihrem Mann auf die Couch. »Simon, ich weiß mir bei meinen Eltern keinen Rat mehr.« Mit traurigem Blick sah sie ihn an. Sanft strich er ihr über den Arm.

»Lass sie doch ihren Vorruhestand genießen. Du weißt doch, dass sie nie geflogen sind, und vielleicht haben sie das Gefühl, etwas versäumt zu haben und holen es nun auf fantasievolle Weise nach. Wenn ich ehrlich bin, hätte ich gerne gesehen, wie die beiden den Joint …«

»Das ist nicht wirklich lustig.« Leonie warf ihm einen bösen Blick zu. »Ich habe schon Angst davor, was mich erwartet, wenn ich nächste Woche das Gemüse vorbeibringe. Am besten ist, ich schicke es ihnen mit einem Lieferservice und fahr erst gar nicht selbst hin.« Sie zog die Beine auf die Couch.

»Das würdest du wirklich machen?« Skeptisch sah Simon seine Frau an. »Das traue ich dir nicht zu. Bist du denn kein bisschen neugierig?« Sanft strich er ihr übers Haar. Sie zog die Schultern hoch.

»Wenn ich im Moment nicht derart eingebunden wäre auf der Arbeit, ich würde es liebend gerne mit eigenen Augen sehen.«

»Simon, das ist nicht lustig, habe ich dir gesagt, ich mache mir ernsthafte Gedanken. Du kennst meine Eltern seit einer Ewigkeit und weißt ganz genau, dass sie weihnachtsfanatisch sind.«

»Du übertreibst. Sie mögen halt die Adventszeit und Weihnachten besonders gerne. Und was hat das mit den Inselausflügen im Wohnzimmer zu tun?« Er stand auf und ging Richtung Küche. »Möchtest du auch einen Saft?«, fragte er.

»Nein. Ein Glas Wasser, bitte.« Sie zog sich eine Decke über die Beine, denn sie fröstelte. Draußen war es in den letzten Tagen kälter geworden und sie hatte das Gefühl, dass es wohl vor Weihnachten noch Schnee geben könnte. Hoffentlich erst, wenn wir abgeflogen sind, hoffte sie. Simon reichte ihr das Glas und setzte sich wieder neben sie.

»Wenn ich mich an meine Kindheit erinnere«, fing er an, »ich habe mich immer auf Weihnachten gefreut, doch es nie so richtig erlebt, immer nur gehofft. Im Heim war das nicht besonders schön.«

»Mir war das alles zu viel. Überall dieser Glitzer und Glamour, Weihnachtsbaum hier und Adventsgesteck da. Und jede Woche Plätzchen backen, und statt mit meinen Freundinnen ins Kino zu gehen, durfte ich dabei helfen. Danach roch ich ständig wie Zuckerwatte. Sogar vor meinem Zimmer machten sie keinen Halt mit der Fensterdekoration. Als ich Teenager war, wurde ich ständig von meinen Freundinnen gehänselt, mit den Worten: Du glaubst wohl noch an den Weihnachtsmann und noch einiges mehr bekam ich zu hören. Aber das weißt du doch alles, deshalb habe ich dich gebeten, als ich mit unseren Zwillingen schwanger war, dass wir, sobald sie auf der Welt sind, jedes Jahr zu Weihnachten verreisen.« Sie trank ein weiteres Mal.

»Ich weiß«, murmelte Simon. Sie krauste die Stirn, sah ihn an. »Das hört sich ja fast so an, als wäre dir das nicht recht, dass wir immer abdüsen, bevor es hier so richtig losgeht.« Er blieb still, lehnte sich zurück und starrte zur Decke.

»Simon?«

»Ja.« Er sah sie an.

»Was ist los? Du magst doch, dass wir verreisen oder nicht?«

»Mir ist bei deiner Erzählung gerade ein Gedanke gekommen.«

»Das ist keine Antwort auf meine Frage.«

Er ging nicht darauf ein. »Jamaika, Mallorca und Kreta, hast du gesagt, hätten deine Eltern im Wohnzimmer … du weißt schon.«

Sie nickte.

»Das sind genau die Orte, die wir besucht haben, seitdem unsere Kinder auf der Welt sind. Zwei Mal Jamaika, zwei Mal Mallorca, zwei Mal Kreta und New York und worauf sind unsere diesjährigen Tickets ausgestellt?« Mit einem Nicken forderte er sie auf zu antworten.

»New York. Und was willst du mir damit jetzt sagen?«

»Ich wette mit dir, egal um was, dass, wenn du nächste Woche zu deinen Eltern fährst, irgendetwas Richtung New York aufgebaut ist.« Er hielt ihr die Hand entgegen. »Schlag ein, egal was der Wetteinsatz sein wird.«

Leonie beugte sich nach vorne. »Du tickst jetzt auch nicht mehr richtig, da oben.« Sie zeigte mit dem Finger an ihre Stirn. »Die Frage ist doch, was soll das ganze Theater meiner Eltern. Ich denke, die stecken in einer Lebenskrise, dadurch, dass sie im Vorruhestand sind. Und weil wir ihnen immer so viel vorgeschwärmt haben von unseren Touren mit den Kindern, haben sie sich für diese Orte entschieden, sie auf ihre Weise darzustellen und auf ihre Art zu bereisen. Sollte ich mit deren Hausarzt mal reden?« Sie stand auf, stellte sich ans Wohnzimmerfenster. Sah die Straße rauf und runter. Bis auf ihr eigenes Haus stand in jedem Fenster eine weihnachtliche Beleuchtung. Manche hatten im Vorgarten einen Baum mit Lichterkerzen geschmückt. Leonie gestand sich ein, dass dieses Glimmern der sonst grauen Jahreszeit etwas Buntes gab. Sie drehte sich zu ihrem Mann.

»Fehlt dir eigentlich ein wenig Weihnachtskitsch?«

Er stand auf, stellte sich neben sie. »Um ehrlich zu sein,

hin und wieder schon. Die Arbeit ist vor den Festtagen derart stressig, weil alles bis zum Jahresende fertig sein muss und dann Koffer packen und die langen Flugzeiten. Hin und wieder habe ich mir schon gewünscht, Weihnachten zu Hause zu sein, die Beine hochlegen, Glühwein, Stollen und Tannenbaum ...«

»Und wieso hast du mir nie etwas gesagt?« Skeptisch sah sie ihn an.

»Weil ich dich liebe und weil es dir so wichtig ist, dem ganzen Weihnachtstrubel zu entkommen.«

Für einen Moment blieb es ruhig zwischen den beiden, dann zog Simon sie in seine Arme, gab ihr einen Kuss auf die Stirn.

»Die Kinder haben noch nie ein Weihnachten erlebt, wie wir beide es kennen«, sagte er und Leonie nickte zustimmend.

***

»Mach die Fenster auf, es riecht total nach frisch gebackenen Plätzchen. Wenn Leonie gleich kommt, wird ihr das sonst auffallen. Hol Räucherstäbchen und geh wedelnd damit durch die Küche, den Flur und das Wohnzimmer«, bat Mathilda ihren Mann. Der suchte sofort in der Wohnzimmerschublade nach den Sandelholzräucherstäbchen, zündete sie an, lief damit durch die Räume und öffnete die Fenster. Leonie wird aus allen Wolken fallen, wenn sie unsere heutige Dekoration sieht. Emil lächelte heiter bei dem Gedanken und verschwand im Flur. Mathilda stieg die Stufen in die obere Etage hoch. Dort hing das Designer Kleid aus dem

Kostümverleih.

Auffälliger geht nicht, dachte sie amüsiert und zog es über. Ein rotes Kleid, mit einem tiefen Ausschnitt, fast so schön, wie das Kleid, das Julia Roberts im Film Pretty Woman trug, als sie in die Oper gingen. Den passenden Schmuck, natürlich eine Imitation, hatte sie sich in einem Modeschmuckladen gekauft. Sie legte ihn an. Dann puderte sie sich die Nase, zog den Lidstrich nach. Das Haar trug sie hochgesteckt, extra am Morgen beim Friseur machen lassen. Emil kam ins Zimmer, zog sich einen Smoking an. Er pfiff dabei eine Melodie, die Mathilda nicht genau zuordnen konnte. Dann stellten sie sich vor den Spiegelschrank.

»Sehen echt super aus, was denkst du, Mathilda?« Er lächelte sie im Spiegelbild an.

»Kannst du dir vorstellen, wir würden öfter so rumlaufen?«

»Langsam macht mir unser Spiel Spaß. Jede Woche erleben wir etwas Neues und irgendwie uns selbst dabei auch neu kennen.« Zärtlich nahm er sie in den Arm und gab ihr einen leidenschaftlichen Kuss. Die Klingel erklang.

»Unsere Tochter ist da. Komm mein Schatz, unser Auftritt.« Mathilda nahm seine Hand und so stiegen sie die Stufen nach unten. Am Treppenabsatz stand Leonie und traute ihren Augen nicht. Die Eltern festlich gekleidet, als würden sie zu einer Staatsoper gehen. Ein Gefühl der Rührung kam in ihr auf, denn die Eltern sahen glücklich aus, deren Augen strahlten. Oder hatten sie wieder einen Joint intus?, dachte Leonie. »Ihr seht so … wow … aus«, stotterte sie, als die Eltern auf sie zuschritten.

»Komm mit ins Wohnzimmer, wir gehen auf der Fifth Avenue zu einem Event.«

Leonie atmete tief durch, stellte eine Gemüsekiste im Flur ab, den Korb hatte sie in der Vorwoche vergessen mitzunehmen. Dann folgte sie den Eltern. »Ihr wollt nach Amerika?«, meinte sie lächelnd. »Ganz schön kalt hier drinnen, wieso habt ihr die Fenster auf?« Sie war in Versuchung sie zu schließen.

»Die Stars stehen doch auch bei Kälte immer auf diesem roten Teppich«, gab Emil zur Antwort. Und dann sah Leonie, den roten Teppich und wandgroße Bilder von der Fifth Avenue, als würde sie sich dort gerade in echt befinden. Das war gigantisch, was die Eltern dort gezaubert hatten. Ein Wahnsinn und was das gekostet haben muss! Sprachlos blieb sie stehen, während die Eltern sich auf dem roten Teppich posierten, als würden sie von Fotografen umgeben sein.

»Das ist der Wahnsinn!«, sagte Leonie, nachdem sie Worte gefunden hatte.

»Dein Vater und ich haben uns die letzten Tage gedacht, das hätten wir schon früher machen sollen, einfach mal vereisen im eigenen Heim.« Liebevoll lächelte sie ihren Mann an. Leonie beschlich das Bedürfnis, sich erst mal hinzusetzen, doch im Wohnzimmer war kein Platz dafür, die übergroßen Bilder verdeckten die Sitzmöglichkeiten. Aus der Küche holte sie sich einen Stuhl. Rieb sich die Arme, denn es war ziemlich kühl.

»Können wir die Fenster zu machen?«, fragte sie.

»Mache ich.« Emil schloss sofort die Fenster im

Wohnzimmer, in der Küche und im Flur. Dann zog er sich auch einen Stuhl aus der Küche heran und nahm neben Leonie Platz. Die Mutter stellte sich hinter des Vaters Stuhl, legte die Hände auf die Lehne.

»Was wird es nächste Woche sein?« Leonie sah erst die Mutter an, dann den Vater.

»Der Heilige Abend«, antwortete Emil.

»Und wie werdet ihr den verbringen? Und wo?«

»Zu Hause, wo sonst?«, fragte Mathilda.

»Und welche Dekoration?«

»Sag mal, soll das hier ein Verhör werden?«, mischte sich Emil ein. »Ich denke, wir sind dir keine Rechenschaft schuldig. Mach dir mal keine Gedanken, dann bist du schon mit deinem Mann und den Kindern im Flieger. Wir werden es uns hier schön gemütlich machen.«

»Wenigstens mit Weihnachtsdekoration?«

»Lass das mal unsere Sorge sein.« Mathilda ging in den Flur und holte die Gemüsekiste rein, die Leonie zuvor dort abgestellt hatte.

»Kommt ihr mit den Kindern noch vor eurem Abflug vorbei?« Sie räumte das Obst in eine Schale.

»Natürlich. Wie immer am Dreiundzwanzigsten, zum Kaffee trinken. Oder was ist euch lieber?« Sie sah die Mutter an. »Ihr werdet dann doch nicht wieder nach Wohnzimmerart verreist sein, oder?«

»Nein, die Kinder sollen wenigstens kurz einen echten Weihnachtsbaum zu Gesicht bekommen. Ich werde zuvor beim Bäcker Kuchen holen, hast du einen besonderen Wunsch?«

»Du willst nicht selbst backen? Keine Plätzchen, keinen Stollen?«

»Magst du doch gar nicht so gern. Dachte, dieses Mal serviere ich Apfel- und Schokoladenkuchen. Da bin ich mir ganz sicher, dass für jeden etwas dabei ist.«

Leonie nickte verwirrt. Dass die Mutter nicht mal Selbstgebackenes auf den Tisch bringen wollte, irritierte sie besonders. Eigentlich hatten die Plätzchen und der Stollen immer dazugehört, bevor sie in den Flieger stiegen. »Komisch, dieses Jahr ist alles so anders, so …«, fing sie an.

»Findest du das nicht schön?«, fragte Emil und blickte der Tochter in die Augen. Sie zog die Schultern hoch. »Irgendwie verwirrend, es fühlt sie nicht echt an. Ihr seid mir so fremd geworden in den letzten Wochen, so habe ich euch noch nie erlebt.«

»Mach dir mal keine Gedanken, wir werden vorerst nicht mehr verreisen.« Der Vater zwinkerte der Mutter zu. Da war es wieder! Das Zwinkern.

»Das heißt, New York …«

»Diese Woche räumen wir alle Sachen wieder an deren Platz«, beendete Emil ihren Satz.

»Und dann schmückt ihr weihnachtlich?«, fragte sie leise.

»Auf das, was da noch kommt …«, stimmte die Mutter den Song an, den Leonie so gerne hörte. »Ich muss jetzt wieder los, heute ist mein letzter Arbeitstag. Der Chef hat zu einem Umtrunk in ein edles Restaurant eingeladen. Ich fahre vorher noch nach Hause, mich umziehen. Leider hängt in meinem Schrank nicht so ein schönes Kleid wie deins, Mutter.«

»Geht ihr so nobel aus?«

»Ja, ziemlich.«

»Was hältst du davon, wenn ich dir mein Kleid leihe? Den Schmuck auch. Dann kannst du dich direkt hier umziehen und dich im Gästebad zurechtmachen, dort sind auch meine Schminkutensilien.«

»Meinst du das ernst? Ihr wollt doch sicherlich noch eure Reise …«

»Ach, ich hab noch etwas anderes im Schrank.« Die Mutter verschwand ins obere Stockwerk und kam kurz darauf in einem schwarzen Cocktailkleid zurück. Über dem Arm trug sie das rote Kleid und hielt es dann der Tochter entgegen.

»Du meinst wirklich?«

»Natürlich, zum Glück haben wir die gleiche Größe. Zieh es an und genieß den restlichen Tag.«

Leonie zog sich um, legte ein dezentes Make-up auf. Als sie aus dem Gästebad kam, pfiff der Vater sichtlich anerkennend. »Das Kleid steht dir genauso gut, wie deiner Mutter. Was habe ich für zwei hübsche Frauen in meinem Leben.« Er zog die Tochter in den Arm. Kurz darauf verabschiedete sie sich. Die Eltern standen im Wohnzimmer hinter der Gardine und sahen dem sich entfernenden Auto hinterher.

»Los, jetzt die Bilder in die Garage räumen und dann hoch mit der Weihnachtsdeko. Das war das letzte Mal, dass ich das mache«, meinte Emil. »Jedes Mal die aufwendige Arbeit, erst die Weihnachtsdeko weg, dann den Strand und was weiß ich alles aufbauen und danach wieder wegräumen und Tannengrün herein.« Er lächelte.

»Hat Spaß gemacht, oder?«, fragte Mathilda und trug die ersten Bilder in die Garage.

»Eigentlich schon. Doch, dass unsere Tochter die

letzten Male geweint hat, das tat schon weh.« Emil folgte seiner Frau.

***

»Du hast die Wette gewonnen, mein Liebster«, sprach Leonie in die Fernsprechanlage im Auto sitzend, auf dem Weg zur Feier.
»Es war tatsächlich New York?«
»Ja. Es war ergreifend. Du hättest meine Eltern sehen sollen, wie festlich sie gekleidet waren. Jetzt trage ich Mutters Abendkleid und fahre in das Restaurant, in das mein Chef eingeladen hat.«
»Ich bringe die Kinder ins Bett und fange schon mal an, meine Sachen für den Urlaub aus dem Schrank zu nehmen. In den nächsten Tagen werde ich dazu nicht kommen, Überstunden stehen nochmals an. Mach du dir eine schöne Zeit, bis später. Vielleicht bin ich noch wach, wenn du nach Hause kommst.« Kurz darauf beendete er das Gespräch.
Leonie schaltete das Radio an, ein Weihnachtslied erklang. »Last Christmas ...« Der Klassiker, dachte sie. Zum Glück fand sie auf Anhieb einen Parkplatz, das letzte Stück musste sie zu Fuß gehen. Die Einkaufsstraße, in der das Restaurant lag, war hell erleuchtet, denn eine Lichterkette war auf Dachhöhe der Häuser gespannt. Vor jedem Geschäft stand ein geschmückter Tannenbaum. Bis jetzt hatte sie es in den letzten Wochen vermieden, hierhin zu gehen, zu viel Schnickschnack und übertriebenes Schmücken, waren ihre Argumente gewesen. Doch heute, in diesem tollen Kleid, auch wenn

sie jetzt den Wintermantel darüber trug, fühlte sie sich irgendwie in Weihnachtsstimmung. Ob es an der Kleiderfarbe lag? Rot? Sie schüttelte den Kopf, das war ihr, seit der Kindheit, nicht mehr passiert, dass sie eine solche Vorfreude empfand. Das hatte sicher nur damit zu tun ... Ja, womit?

Das spielte keine Rolle, ein Kollege war gerade im Begriff ins Restaurant zu gehen, er hielt ihr die Tür auf.

***

Am dreiundzwanzigsten Dezember warteten Mathilda und Emil gespannt auf die Enkelkinder. Das Wohnzimmer war dezent weihnachtlich geschmückt. Der Tannenbaum stand in der Ecke, ein Adventsgesteck auf dem Esszimmertisch, der dieses Mal mit dem Alltagsgeschirr eingedeckt war.

»So ganz wohl ist mir bei der Sache nicht«, meinte Mathilda und schaute ihren Mann an, der gerade dabei war, den Apfel- und Schokoladenkuchen auf den Tisch zu stellen. »Wir haben damit angefangen, lass es uns jetzt zu Ende bringen.« Er kam zurück, nahm sie in den Arm und drückte sie sanft an sich. Es klingelte. Die Tür wurde geöffnet und sie hörten, wie die Zwillinge ins Zimmer stürmten und sie freudig umarmten. Simon grüßte und übergab Emil eine Flasche Sekt. »Stell die kühl, für später«, meinte er, bevor er Mathilda begrüßte. Diese beobachtete ihre Tochter, die langsam ins Wohnzimmer kam und sich umschaute. Da wurde auch Emil auf sie aufmerksam. Ging lächelnd auf sie zu und gab ihr einen Wangenkuss.

»Setzt euch an den Tisch, der Kaffee ist gleich durchgelaufen und die heiße Schokolade ist fertig.« Emil ging in die Küche und holte beides. Stellte es auf dem Tisch ab. Bis auf Leonie hatten alle Platz genommen. Sie blieb stehen, starrte auf den Kuchen. »Du warst tatsächlich beim Bäcker.« Keine Frage, eine Feststellung.

»So wie besprochen«, meinte die Mutter. Leonie nickte, dann zog sie den Stuhl neben Carla vor. Die Kinder machten sich über die Schokoladentorte her und Mathilda stellte erstaunt fest, dass die Tochter die Zwillinge nicht aufhielt ein weiteres Stück zu nehmen, wie sonst in den Jahren zuvor. Sie kam ihr ziemlich ruhig vor. Ob es ihr nicht gut ging? Oder würde der Plan aufgehen, den Emil und sie geschmiedet haben? Würde nun endlich der sie erlösende Satz fallen, auf den sie beide so hofften? Sie beobachtete weiterhin die Kinder, die nun anfingen, von der Schule und ihren Freunden zu erzählen. Und das war reichlich, denn in den letzten vier Wochen waren sie ja nicht mitgekommen, um die Großeltern zu besuchen.

Am Abend brachte Mathilda belegte Brote und eine Käseplatte auf den Tisch.

»Nicht mal Sauerbraten mit Klößen?«, fragte Leonie. Schimmerten da Tränen in ihren Augen? Mathilda war sich nicht sicher, bekam jedoch ein schlechtes Gewissen. Leicht fiel es ihr nicht, die Fassade aufrechtzuerhalten. Am liebsten würde sie die Tochter in den Arm nehmen und sie fest an sich drücken, um sich dann zu erklären. Doch Emil hatte sie gebeten durchzuhalten. Gegen zehn verabschiedeten sich Leonie, ihr Mann und die Zwillinge.

»Wir wünschen euch einen guten Flug, schöne Ferien, frohe Weihnachten und kommt gut ins neue Jahr«, sagte Mathilda und kniff sich mit den Fingern in den Bauch, um die aufkommenden Tränen zu unterdrücken. Emil nahm sie in den Arm und winkte dem sich entfernenden Auto hinterher. Dann zog er seine Frau in den Flur, schloss die Tür, damit nicht die gesamte Kälte hereinzog. Die Temperaturen lagen um den Gefrierpunkt, es würde sicherlich reichlich schneien in den nächsten Tagen.

»Schade …«, meinte Mathilda, als sie ins Esszimmer ging und anfing, den Tisch abzuräumen. Sie trug die Sachen in die Küche. Emil half ihr dabei.

»Lass den Kopf nicht hängen. Wir haben es wenigstens versucht.« Er stellte das benutzte Geschirr in die Spülmaschine.

»Weißt du …« Sie drehte sich ihrem Mann zu. »Ich bin froh, dass wir beide diese Liebe zur Adventszeit niemals verloren haben. Na gut, bis auf die vier vergangenen Freitage.«

»Das war ja auch zu einem guten Zweck, doch leider ist unser Plan nicht aufgegangen.«

»Leider …«

»Wenn wir wieder alles an seinen Platz gestellt haben, dekorieren wir das Wohnzimmer, nach unserem Geschmack und dann zünden wir alle vier Kerzen am Adventskranz an, setzen uns gemütlich auf die Couch und trinken einen Glühwein, den ich zubereite. Oder magst du heute lieber eine heiße Schokolade mit Sahnehaube? Dann holst du die Plätzchen raus und wir stellen Weihnachtsmusik an.«

»Ich nehme die Schokolade und tunke dann ein paar

Plätzchen rein.« Ein sanftes Lächeln huschte über ihr Gesicht.

»Das ist eine gute Idee, ich bin dabei.« Emil beeilte sich mit dem Abräumen des Tisches, fing danach sofort an zu dekorieren, damit sie den restlichen Abend besinnlich mit vorweihnachtlichen Freuden beenden konnten.

***

Leonie deckte die Zwillinge zu, gab jedem einen Kuss auf die Stirn und wünschte ihnen eine gute Nacht. Die beiden waren total müde, vom Toben mit den Großeltern. Sie spielten im gesamten Haus verstecken, der Opa hatte eine Eisenbahn aufgebaut, die er selbst vor vielen Jahren gebastelt hatte, und sie fanden Freude daran, dass Opa sie in seiner Werkbank werkeln ließ. Stundenlang spielten die Kleinen mit ihm. Sie blieb im Türrahmen stehen, schaute auf die entspannten Gesichter der Kinder. Bei Linus sah es aus, als würde er im Schlaf lächeln. Carla hielt den mit Opa gebastelten Holzstern in der Hand. Leonie ging ins Badezimmer, um sich frisch zu machen, dann ins Schlafzimmer. Sie setzte sich aufs Bett. Simon war gerade dabei, seinen Koffer fertig zu packen.

»Ich denke, ich habe jetzt alles beisammen. Dass du immer so früh damit fertig bist, dabei hast du drei Gepäckstücke zu packen. Auf der Anrichte liegen sogar die Pässe und Tickets parat. Die hätte ich wieder vergessen, weißt du noch, einmal ist uns das passiert. Ich bin dann mit dem Taxi zurück und auf den letzten Drücker haben wir den Flieger noch erreicht. War das nicht, als wir das erste Mal mit den Kindern nach

Jamaika geflogen sind?« Er blickte zu Leonie. »Ja«, sie lachte kurz auf. »War das ein Stress, die Kinder haben geschrien, ich war fix und fertig. War ich froh, als du zurück warst und von da an sind die Kinder auch still gewesen und haben den gesamten Flug über geschlafen.«

»Dann können wir nun getrost schlafen gehen, um acht morgen früh kommt das Taxi und bringt uns zum Flughafen. Bin gespannt, was wir in diesem Jahr in New York erleben werden, du auch?« Leonie kuschelte sich an ihn, legte den Kopf auf seine Brust.

»War heute schon irgendwie komisch bei den Eltern, oder?«

»Weil deine Mutter keinen selbst gebackenen Kuchen und nur belegte Brote auf den Tisch brachte? Mir war das egal, ich hatte Hunger.« Er hielt kurz inne. »Obwohl, ich gebe dir recht, es war anders, viel weniger weihnachtlich, wie sonst all die Jahre zuvor.«

Leonie setzte sich auf, blickte ihm in die Augen. »Ich werde das Gefühl nicht los, das bei meinen Eltern irgendetwas nicht stimmt.«

»Vielleicht wollten die beiden einfach mal etwas anders machen.«

»Irgendwie bin ich mir da nicht sicher, ob nicht mehr dahinter steckt.«

»Du machst dir viel zu viele Gedanken um nichts. Du hast doch gesehen, wie ausgelassen sie mit den Kindern spielten, und sicher sind die beiden vor lauter Erschöpfung jetzt auch schon eingeschlafen, genau wie unsere Kinder.«

Leonie schüttelte den Kopf. »Das glaub ich nicht. So wie ich meine Eltern kenne, würden sie jetzt dort sitzen, einen Glühwein trinken und Plätzchen essen.«

»Vielleicht aber auch nicht. Komm, lass uns schlafen, es wird morgen ein langer Tag.« Simon schaltete seine Nachttischlampe aus.

»Ich ruf sie an und frag nach, was sie machen.« Simon machte das Licht wieder an. »Du willst sie jetzt noch anrufen? Schau mal auf die Uhr, es ist kurz vor elf. Und was bezweckst du damit?«

»Ich will wissen ...«

»Was?«

»Na, ob sie das machen oder nicht.«

»Und wenn nicht?«

»Dann geht es ihnen sehr schlecht. Darauf würden sie niemals verzichten.«

»Leonie, ich bitte dich, deine Eltern sind alt genug, um das zu tun, wonach ihnen ist. Das hast du doch die letzten Wochen an ihren fantasievollen Reisen erkannt. Lass sie ihr Leben genießen, so wie sie es möchten. Das machen wir doch auch, oder? Wir fliegen morgen in Urlaub, entfliehen dem Weihnachtstrubel, so wie du es dir seit Jahren wünschst.«

»Soll das ein Vorwurf sein? Du warst doch auch immer fürs Vereisen.«

»Weil ich dich liebe und dir jeden Wunsch erfüllen möchte.« Er nahm ihre Hand, legte sie in seine.

»Und dein Wunsch?«

»Danach hast du mich noch nie gefragt.«

»Aber jetzt.«

»Na ja, mir fehlt schon ein wenig Weihnachten, so wie ich es in deiner Familie kennengelernt habe.«

»Du meinst dieses übertriebene Dekorieren, tausende

Plätzchen, Ente, Gans und Weihnachtsmusik, all das Drum und Dran hat dir gefallen?« Erstaunt sah sie ihn an. Er zog die Augenbrauen hoch. Sie waren seit zwölf Jahren ein Paar. Simon war im Heim aufgewachsen, hatte durch sie erlebt, wie in einer Familie Weihnachten gefeiert wurde. Obwohl es ihre Eltern komplett übertrieben, mit all ihrer Liebe zur Adventszeit. Leonie kamen sie dann wie kleine Kinder vor, die sich unglaublich auf den Heiligen Abend freuten und die Adventszeit aus vollen Zügen genossen. Sie schüttelte den Kopf. Nein, nein, das war so ganz und gar nichts für sie. Tief atmete sie durch.

»Ich ruf nicht an.« Sie legte sich wieder unter die Decke, Simon nahm sie in den Arm und nach einiger Zeit schlief sie ein.

In der Nacht war Schnee gefallen. Die Kinder waren komplett aus dem Häuschen, liefen im Schlafanzug vor die Tür und bauten einen kleinen Schneemann.

»Kommt rein, ihr werdet euch erkälten«, rief Leonie aus dem oberen Fenster. »Es ist an der Zeit, dass wir uns fertigmachen, in einer Stunde kommt das Taxi uns abholen.« Maulend kamen die Zwillinge ins Haus.

»Es schneit endlich mal und wir können nicht draußen sein.« Linus zog ein langes Gesicht, seine Schwester tat es ihm gleich. Leonie stand auf der Treppe. »Kommt hoch, zieht euch an, Zähne putzen und dann frühstücken.« Die Kinder stiegen langsam die Stufen hoch, sie ging an ihnen vorbei in die Küche und bereitete das Frühstück zu. Simon brachte die Koffer bis in den Flur. »Steht alles bereit«, meinte er und kam in die Küche.

»Kannst du schauen, dass die Kinder fertig werden?«, bat sie ihn und steckte Brot in den Toaster. Dann ging alles ziemlich schnell und plötzlich stand das Taxi vor der Tür.

»Kinder, es geht los«, rief Leonie, zog den Wintermantel an, nahm die Handtasche vom Sideboard. Derweil trug Simon die Gepäckstücke zum Auto. Der Fahrer stieg aus und half ihm dabei.

»Der Schnee wird dichter, ich hoffe, wir kommen pünktlich zum Flughafen«, sagte Simon.

»Die Straßen sind gut befahrbar«, gab der Taxifahrer beruhigend zur Antwort.

Unterwegs wurde der Schneefall stärker. Die Zwillinge waren seltsam still und auch Leonie schien ihren eigenen Gedanken nachzugehen. Simon unterhielt sich mit dem Fahrer, der sie eine halbe Stunde später am Kölner Flughafen absetzte und ihnen frohe Weihnachten wünschte. Linus holte einen Kofferwagen und Simon lud die Gepäckstücke auf. Leonie bemerkte, dass er sie ansah.

»Du bist erstaunlich ruhig. Ist etwas? Fühlst du dich nicht wohl? Du redest doch sonst unaufhörlich, wenn es zum Flughafen geht.«

Sie zog die Schultern hoch. Simon blieb auf dem Weg zum Check-in stehen. Rief die Kinder zu sich. Dann wandte er sich seiner Frau zu.

»Wir haben Glück, wir können direkt die Koffer aufgeben, sind wohl die ersten oder die letzten Passagiere für den Flug nach New York.« Er schob das Gepäck zum Schalter. Linus rechts und Carla links von ihm. Langsamen Schrittes kam Leonie ihnen nach.

»Gibst du mir die Tickets und Pässe.« Er drehte sich ein weiteres Mal zu Leonie um und streckte die Hand aus. »Was ist?« Verdutzt sah er seine Frau an, die seiner Bitte nicht nachkam. Da sie sich nicht vom Fleck rührte, nahm er die Handtasche und griff hinein. Einmal, ein weiteres Mal. Dann sah er auf und in Leonies Augen. Doch was machte seine Frau, sie zuckte mit den Schultern.

»Nein, sag jetzt nicht, du hast die Pässe und Tickets auf der Anrichte im Schlafzimmer liegen lassen.«

Sie brauchte nicht zu antworten, es stand ihr ins Gesicht geschrieben.

»Leonie, bei dem Wetter schaffe ich es nicht mit dem Taxi hin und zurück. Ich werde es versuchen, doch ich denke eher, wir werden den Flug verpassen.«

»Was ist los, Papa?«, fragte Linus.

»Wir haben die Tickets und Pässe zu Hause liegen lassen.«

»Ist das schlimm?«, mischte sich Carla ein.

»Ich versuche schnell nach Hause zu fahren und sie zu holen. Doch wenn es weiterschneit, könnte es sein, dass die Straßen dicht sind und es nur langsam vorangeht. Dann kann es sein, dass ich es nicht rechtzeitig zurückschaffe.« Er bückte sich den Kindern entgegen.

»Und dann?«, fragte Linus.

»Dann werden wir heute wohl nicht nach New York fliegen.«

»Und dann?«, fragte nun Carla.

»Dann werden wir hierbleiben müssen.«

»Auf dem Flughafen?« Carla sah den Vater entsetzt an.

»Nein, in unserem Zuhause.«

»Cool!«, kam es gleichzeitig aus der Zwillinge Münder.

Aufgeregt tanzten sie, sich an den Händen haltend, im Kreis. Umstehende Fluggäste wurden auf sie aufmerksam.

»Halt, hört mal auf«, sagte Simon und zog die Kinder zu sich. Leonie bewegte sich keinen Schritt vor oder zurück, beobachtete die Szene ruhig und gelassen.

»Das wäre euch egal, wenn wir nicht nach New York fliegen würden?«

»Das wäre ober, ober, ober cool!«, rief Linus und schaute seine Schwester freudig lächelnd an.

»Und wieso«, wollte Simon wissen.

»Es schneit, wir könnten Schneemänner bauen, dann Schlitten fahren, bei Oma Plätzchen essen und danach würden unsere Weihnachtsgeschenke, so wie bei all unseren Schulfreunden, endlich mal unter einem echten Tannenbaum liegen. Bei Oma und Opa.«

»Okay«, sagte Simon lang gezogen und schaute Leonie an, die immer noch stumm neben ihm stand.

»Was soll ich machen?«, fragte Simon sie.

»Ohne Tickets würde das Flugpersonal uns wohl noch durchkommen lassen, weil wir eh seit Jahren nur die Identität vorzeigen brauchen. Doch ohne Pässe, keine Flüge. Wir fahren nach Hause.«

Die Zwillinge veranstalteten einen Freudenschrei.

»Beruhigt euch, wir sind nicht allein hier«, mahnte sie Simon, dann kam er auf Leonie zu.

»Soll ich nicht doch versuchen ...«

Sie schüttelte den Kopf.

»Ist das nicht komisch, gestern Nacht haben wir noch davon gesprochen, dass uns das mal passiert ist und heute ... Ich glaube es nicht. Doch wenn es okay für dich ist, statt zu fliegen, hierzubleiben.«

Sie lächelte nickend.

»Dann freue ich mich mal so wie die Kinder, nur ein wenig leiser.«

***

Mathilda schaute aus dem Wohnzimmerfenster hin zum Himmel. »Jetzt sitzen die Kinder im Flieger und düsen ab.« Sie stöhnte kurz auf, atmete tief durch. Emil stellte sich neben sie, legte den Arm um ihre Mitte. »Wir haben alles versucht und es hat nicht, den von uns erwünschten Erfolg gebracht. Ich kann nicht behaupten, dass wir uns nicht besonders bemüht und bis zum Schluss gehofft haben, dass Leonie unseren Wink mit dem Zaunpfahl versteht. Auf jeden Fall war es eine super Idee von dir, all die Urlaubsorte nachzubauen, die Leonie, Simon und die Zwillinge zur Weihnachtszeit besucht haben.« Er lachte kurz auf. »Am besten war der Erdbeerteejoint.« Emil versuchte sie aufzuheitern. Aus der Küche zog der Duft von gebratener Gans in den Raum.

»Du hast recht, Emil, wir haben alles versucht, ziemlich durchgeknallt müssen wir rübergekommen sein.« Sie befreite sich. »Ich muss die Gans wenden und den Rotkohl umrühren.« Sie ging in die Küche. Er folgte ihr. »Ich freue mich auf heute Abend, auf die Heilige Nacht. Weißt du, Schatz, irgendwie sind wir zwei, obwohl wir uns im Vorruhestand befinden, tief in unserem Inneren Kinder geblieben.«

»Doch keine Blumenkinder, sondern ...«

»Weihnachtskinder«, beendete Simon ihren Satz. Er

zog sie in die Arme, küsste sie leidenschaftlich.

»Schön, dass wir beide Weihnachten so sehr lieben und im Herzen tragen.«

Plötzlich hörten sie es an der Tür klingeln. Zwei Mal lang, drei Mal kurz. Stutzig sah Mathilda ihren Mann an, der die Schultern hochzog. Mit einem Mal kamen die Zwillinge in die Küche gelaufen, umarmten die Großeltern mit einem Freudengeschrei.

»Was macht ihr denn hier?« Mathilda sah von einem zum anderen, konnte die Situation nicht genau fassen. Träumte sie?

»Geht euer Flieger später?«, fragte Emil und begrüßte alle herzlich.

»Wir fliegen nicht«, sprudelte es aus Linus heraus.

»Nicht?« Mathilda sah Leonie in die Augen. Diese schüttelte den Kopf, dann sah sie sich im Raum um, ging ins Wohnzimmer. Geschmückt, so wie damals, stellte sie fest. Auf einmal kam eine wollige Wärme in ihr auf, sie lächelte und spürte Freude, ungeahnte Freude auf den Heiligen Abend und die Weihnachtstage, mit allem Drum und Dran, mit jeglichem Kitsch. In dem Moment war sie sich sicher, dass absichtliche liegenlassen der Pässe und der Tickets war die richtige Entscheidung gewesen. Irgendwann würde sie es Simon beichten. Tief in ihrem Inneren bedankte sie sich im Stillen bei ihren Eltern, die die letzten Wochen ein wenig durchgeknallt waren und im Wohnzimmer verreisten und ihr damit die Augen öffneten.

»Los, wir holen euer Gepäck rein, bevor es zugeschneit ist. Bei dem Wetter fahrt ihr die nächsten Tage nicht mehr weg.« Emil sah in die Runde.

»Und wo sollen wir schlafen?«, fragte Linus.

»Na oben in den Gästezimmern, die sind schon für euch vorbereitet ...«, sagte Mathilda und hielt sich die Hand vor den Mund. Da hätte sie bald zu viel verraten. Auf die letzte Sekunde war ihr Wunsch in Erfüllung gegangen. Endlich konnten sie den Enkelkindern zeigen, wie sehr ihnen Weihnachten und die Geburt Christi am Herzen lag.

Mathilda holte die Kekse aus dem Versteck. Dabei wischte sie sich Tränen der Freude von den Wangen. Die Gans würde reichen, zusätzliche Knödel und Rotkohl waren schnell zubereitet, die Geschenke müssten unter den Baum und ... Ach, erst einmal eine große Tasse heiße Schokolade mit Sahne, dachte Mathilda und dieses Mal zwinkerte sie Emil zu, als er gerade den ersten Koffer die Stufen hochtrug.

»Oh Tannenbaum, oh Tannenbaum ...«, hörte Mathilda ihre Tochter singen, die dabei sanft über einen Tannenast strich.

Die Bank vor dem Weihnachtsschaufenster

Die Eingangstür öffnete sich. Eine Frau im mittleren Alter kam auf mich zu. »Guten Tag, Frau Kohlschmitt. Das ist keine gute Werbung für Ihr Geschäft.« Sie zeigte in Richtung Schaufenster.

»Guten Tag, Frau Schneider«, grüßte ich freundlich. Dann sah ich in die von ihr gezeigte Richtung. Zuckte mit den Schultern, da mir nichts auffiel. »Ist etwas mit der Schaufensterdekoration nicht in Ordnung?«, fragte ich.

»Nein, die ist wie jedes Jahr zur Weihnachtszeit wunderschön. Ich meine diese Frau da draußen auf der Bank, die vor dem Geschäft steht.« Nun standen wir beide nahe am Schaufenster und ich schaute hinaus. Dort saß eine Frau, die meisten Menschen würden sie als Pennerin betiteln. Für mich war es eine Frau, wie jede andere. »Sie ist seit ein paar Tagen mal für ein paar Stunden dort.«

»Und Sie lassen das einfach so zu?« Frau Schneider war ihre Empörung anzusehen. Die krause Stirn und ein angewiderter Gesichtsausdruck.

»Ja, warum nicht?«

Die brünette Kundin drehte sich zu mir hin. »Na hören Sie mal. Das ist Ihre Bank! Die gehört nicht zur Stadt und dort möchten sicherlich Ihre Kunden drauf ausruhen vom Weihnachtseinkauf in Ihrem Laden. Neben die da wird sich niemand freiwillig setzen. Ich an Ihrer Stelle würde mir mal Gedanken darüber machen, denn ich bin sicher der ein oder andere Kunde bleibt Ihnen daher fern.«

Auf diesen negativen Wortschwall fand ich erst mal keine passende Reaktion. Entgeistert blickte ich die Kundin an.

»Warum schauen Sie so? Ich habe doch recht, mit dem, was ich sage.« Frau Schneider blickte mir tief in die Augen.

»Um ehrlich zu sein, Frau Schneider, ich kann Ihnen gerade nicht ganz folgen. Sie meinen allen Ernstes, weil dort eine etwas ärmliche Frau sitzt und sich ausruht oder einfach ... Ich weiß auch nicht, warum sie da einige Stunden verbringt ... Also, dass deshalb Kundschaft ausbleibt. Habe ich Sie da richtig verstanden?«

»Da bin ich mir ganz sicher. Ich habe mir zuvor auch überlegt, ob ich reinkomme. Und habe es dann gemacht, in der Hoffnung, dass Sie diese Frau verscheuchen.« Sie ging einen Schritt zurück, schüttelte sich, als hätte ich von jetzt auf gleich die Pest bekommen.

»Ich gebe ehrlich zu, ich bin sprachlos darüber, was Sie von mir verlangen.«

»Ach wirklich ... Na, dann wünsche ich Ihnen noch eine schöne Verkaufswoche. Sie werden schon sehen, was Sie an Verlusten einfahren werden. Auf Wiedersehen.« Schon öffnete sie die Tür und ging schnellen Schrittes davon. Ich war derart baff, dass ich mich nicht von der Stelle bewegte, sondern Frau Schneider nachschaute, wie sie schnell über die Straße ging und dann kurze Zeit später aus meinem Blickfeld verschwand. Ich schüttelte den Kopf. So etwas war mir noch nie in meinem Geschäftsleben passiert. Nun gut, ich hatte zuvor auch noch keine ärmliche Frau, die auf der kleinen Bank gegenüber dem Schaufenster saß. Ich wandte mich ab, ging ins Lager, holte einen Karton und fing an, die neue Ware auszuzeichnen und ins Regal zu räumen. Dabei hielt ich inne, schaute mich im Laden um. Seit fünfundzwanzig Jahren mietete ich diesen Raum für die Monate November und Dezember. Ich bot jegliche Art von Weihnachtsdekoration, Weihnachtsbücher, CDs, Spieluhren, Schneekugeln und Weihnachtssüßwaren an. Die fünfzig Quadratmeter Fläche war bis auf den kleinsten Fleck bestückt. Schon in der Jugendzeit hegte ich den Traum, ein eigenes Geschäft zu führen mit Tausenden von Weihnachtssachen. Ich sah zu den bunten Lichterketten, die dem Raum eine harmonische Atmosphäre gaben. Ging durch den Laden, strich sanft über eine Weihnachtsmannfigur, stellte eine Spieluhr an und nahm mir ein Plätzchen von dem Teller, der auf einem Tisch stand und von dem sich jeder Kunde bedienen durfte. Den Genuss nach Marzipan auf der Zunge stellte ich mich ans Schaufenster. Dort saß immer noch die Frau, es sah aus, als wäre sie eingeschlafen, denn ihre Augen waren geschlossen. Ich betrachtete sie mir genauer. Sie trug sicher nicht nur eine Jacke, denn sie sah ziemlich aufgeplustert aus. Ihre dunkelbraunen Haare schauten unter einer dicken Wollmütze hervor, die Hände steckten in Fellhandschuhen. An den Füßen trug sie Stiefel, auch dort lugte ein wenig Fell hervor. Auf der Bank lagen zwei große bunte Einkaufstüten, die sie jeweils mit einer Hand umklammert hielt. Ich rieb mir den Nacken, eine Angewohnheit, wenn ich über etwas nachdachte. Kurz darauf drehte ich mich um, holte mir den Mantel vom Haken und ging vor die Tür. Vorsichtig näherte ich mich der Frau auf der Bank. Als ich kurz davor stand öffnete sie die Augen, sah mich an. Ein matter Blick kam mir entgegen.

»Hallo, sagen Sie, ist Ihnen nicht kalt?«

Sie schüttelte den Kopf. »Ich bin Kälte gewohnt. Danke, dass Sie nachfragen. Es gibt kaum Menschen, die daran interessiert sind, ob wir Obdachlosen frieren oder nicht. Na ja, das stimmt nicht so ganz, da gibt es diese Organisation, die uns in den kalten Nächten versorgt. Die sind ziemlich hilfsbereit und nett. Erlebe ich sonst auch selten.«

»Entschuldigen Sie, ich möchte Ihnen nicht zu nahe treten, haben Sie denn gar keinen Platz, wo sie sich tagsüber im Warmen aufhalten können?« Ich setzte mich neben sie. Die Frau rutschte ein Stück zur Seite, stellte die Tüten auf die Erde zwischen ihre Beine. Es sah fast so aus, als hätte sie Angst, die könnten ihr gestohlen werden, denn sie drückte die Unterbeine fest zusammen. Ein Herausziehen der Tüten würde nur unter starkem Kraftaufwand möglich sein, dachte ich.

»Nein, ich habe keinen Platz. Außer diesem hier, seit ein paar Tagen.«

»Aber die Bank steht draußen und die Temperaturen fallen täglich«, gab ich zu bedenken.

»Es tut mir gut hier zu sitzen, ganz egal wie kalt es ist.«

»Darf ich fragen, warum ausgerechnet hier?«

»Störe ich Sie? Ich mache wirklich keine Probleme, ich möchte ...«

»Nein, nein, so habe ich das nicht gemeint. Es interessiert mich, was Ihnen an meiner Bank so gefällt.« Freundlich lächelte ich sie an.

»Es ist Ihr Schaufenster. Wissen Sie, eigentlich bin ich immer im anderen Stadtteil unterwegs. Da wo die kleinen Gassen sind, dort ist es windgeschützt. Doch vor ein paar Tagen kam ich hier vorbei und Ihr Schaufenster hat mich fasziniert. Wenn es Ihnen nicht recht ist, kann ich gehen.« Es kam mir vor, als wollte sie aufstehen.

»Nein, bitte bleiben Sie.« Ich hörte, dass im Laden mein Telefon klingelte. Ich stand auf, verabschiedete mich und lief rein. Dann konnte ich an dem Tag nicht mehr nach der Frau schauen. Alle paar Minuten kam ein Kunde ins Geschäft. Jeder Zweite, der hereinkam, sprach mich auf die Frau vor der Tür an und regte sich darüber auf. Ständig hörte ich die Sätze, dass es geschäftsschädigend sei, diese Frau Gerüche ausdünstete, sie erbärmlich und abstoßend aussehen würde. Als ich gegen zwanzig Uhr das Geschäft schloss, war die Frau nicht mehr da. Nachdem ich die Nachtbeleuchtung eingeschaltet hatte, setzte ich mich im abgedunkelten Raum auf den Stuhl hinter der Kasse und streckte erschöpft die Beine aus. Was für ein Tag, dachte ich. Müde von all den Beratungen und Verkäufen fühlte ich mich nicht, sondern eher seelischer Natur. Ich kam mir vor, als hätte ich die letzten Stunden nichts anderes gemacht, als die Obdachlose vor meinen Kundinnen und Kunden zu verteidigen. Ich war in meinem gesamten Leben, schließlich zählte ich bereits dreiundfünfzig Jahre, in einer solchen Situation gewesen. Die heutigen Erlebnisse schmälerten meine Freude an dem Geschäft. Ich rechnete die Kasse ab. Nicht einmal die stolze Einnahme brachte ein Fünkchen besseres Gefühl in mir auf. Die Alarmanlage schaltete ich ein und verließ den Laden durch den Hinterausgang.

Zu Hause schob ich eine Tiefkühlpizza in den Ofen, bereitete mir einen gemischten Salat zu. Irgendwie fühlte ich mich bedrückt. Ich stocherte im Essen rum. Mir ging die Frau nicht aus dem Kopf und schon gar nicht die Leute, die über die Obdachlose hergezogen haben. Um mich abzulenken, schaltete ich eine Soapserie im Fernsehen ein und bekam eh nichts davon mit. Dann besser ins Bett und versuchen zu schlafen.

Am nächsten Tag erschien die Frau gegen elf Uhr. Sie schleppte schwer an ihren Taschen und als sie sich auf der Bank niederließ, sah ich, dass sie tief durchatmete. Dann schaute sie auf, hin zum Schaufenster und sah mich, als ich gerade eine Schneekugel aus dem Fenster nahm. Eine Kundin hatte mich darum gebeten. Die Frau lächelte und winkte mir zum Gruß zu.

»Ach du meine Güte, was ist das denn für eine Kreatur?«, vernahm ich die Stimme der Kundin und drehte mich zu ihr um.

»Bitte?« Entsetzt sah ich sie an.

»Das können Sie doch nicht für gut heißen, dass diese Pennerin vor Ihrem Laden sitzt. Die vergrault doch alle Leute die hier reinwollen.« Sie verzog das Gesicht zu einer angewiderten Grimasse. Nachdem ich gestern bereits mit solchen Worten konfrontiert worden war, wusste ich nun besser zu kontern.

»Kennen Sie die Frau?«

»Du meine Güte! Bloß nicht. Mit solchen versoffenen Leuten will ich nichts zu tun haben.«

»Woher wissen Sie denn, dass die Frau trinkt?«

»Machen die alle. Aber das ist mir nun auch egal, was interessiert mich diese Person. Darf ich mir die Schneekugel mal näher ansehen?«

»Nein.«

»Bitte?«

»Es tut mir leid, doch ich kann nicht nachvollziehen, dass Sie über einen Menschen ein Urteil fällen, obwohl Sie die Person nicht einmal persönlich kennen. Oder deren Schicksal. Sie wissen doch überhaupt nicht, warum diese Frau obdachlos wurde, oder?« Demonstrativ stellte ich die Schneekugel zurück ins Schaufenster, drehte mich dann wieder der Kundin zu, verschränkte die Arme vor der Brust.

»Sagen Sie mal, wollen Sie nicht an Ihren Sachen verdienen? Dann seien Sie mal ein wenig freundlicher zu Ihren Kunden.« Sie ging zur Tür, öffnete sie und verschwand ohne einen Gruß. Ich folgte ihr mit meinem Blick und erkannte, dass sie eine böse Geste der Frau auf der Bank entgegenbrachte. Die daraufhin zu mir hochsah und die Schultern zuckte. Klar, wie sollte diese Frau verstehen, was hier drinnen abgegangen war. Ich fühlte mich verantwortlich, ihr eine Erklärung zu geben. Holte den Mantel, zog ihn über, ging hinaus und setzte mich nach einem Gruß neben die Frau.

»Was war denn mit der Kundin los? Die war ja total aufgebracht. Hat der Frau die Schneekugel nicht gefallen?« Mit in Falten gelegter Stirn sah sie mich an.

»Tja, was soll ich sagen. Die hatte es auf Sie abgesehen. Es hat ihr nicht gepasst, dass Sie vor meinem Laden auf der Bank sitzen. Tut mir leid, Ihnen das sagen zu müssen, doch ich möchte ehrlich zu Ihnen sein.«

»Ach ...« Sie strich mir über den Arm. »Machen Sie sich mal keine Gedanken, das bin ich gewohnt.« Eine kurze Zeit saßen wir schweigend nebeneinander. Dann traute ich mich mit einer Frage hervor. »Sagen Sie mal, darf ich Sie fragen, wie Sie in diese Lage gekommen sind? Ich möchte Ihnen nicht zu nahe treten, doch ich würde gerne Ihre Geschichte dazu hören.« Als ich zu ihr hinüberschaute, senkte sie den Blick. Stellte die Tüten wieder zwischen ihre Beine.

»Wissen Sie«, fing sie mit gedämpfter Stimme an. Atmete tief durch. »Wollen Sie das wirklich wissen? Interessiert Sie das?«

»Ja. Und wissen Sie was, wir brauchen nicht hier draußen zu sitzen, Sie kommen mit mir in den Laden, ich habe im hinteren Raum zwei Sessel stehen, da ruhe ich mich immer aus. Dort ist es warm, ich bereite uns einen Weihnachtstee zu und Plätzchen habe ich reichlich anzubieten. Möchten Sie?«

Sie blickte auf. »Und die Kunden?«

»Nun, wenn es Ihnen nichts ausmacht, dann bediene ich diese zwischendurch. Wären Sie damit einverstanden?« Ich stand auf, reichte ihr die Hand.

»Und wenn die Leute sich wieder beschweren?«

»Lassen Sie das mal meine Sorge sein.«

Sie nickte mir zu und es huschte ein Lächeln über ihre Lippen. Dann packte sie ihre Tüten und wir gingen ins Geschäft. Dort zeigte ich ihr, wo sie die Jacke aufhängen könnte und falls sie eine Toilette aufsuchen wollte, wies ich ihr den Weg durch den Flur dorthin. Eine Weile später saßen wir uns gegenüber und tranken Tee. Fest umklammerte die Frau die warme Tasse. »Das tut gut«, meinte sie nach dem ersten Schluck.

»Ich heiße Lina und Sie?« Ich schüttete eine weitere Tasse Tee ein.

»Danke, ich bin Clara. Darf ich mir von den Plätzchen nehmen?« Sie deutete auf den Teller, der auf dem kleinen Tisch zwischen uns stand.

»Greifen Sie zu, Clara.«

Ganz langsam kaute Clara an dem Süßen, als hätte sie schon lange keinen Lebkuchen mehr gegessen. Innerlich freute ich mich über den Anblick. Ein gutes Gefühl kam in mir auf, da vernahm ich die Eingangstür. Kundschaft. Nachdem die Kundin den Laden verließ, ging ich zurück in den hinteren Raum. Clara war im Sessel eingeschlafen. Ich legte eine Decke über sie und schlich auf Zehenspitzen, um sie nicht aufzuwecken, zurück in den Laden. Dort beschäftigte ich mich mit dem Einräumen von neuer Ware, stellte ein Regal um, bediente Kunden. In den nächsten zwei Stunden kam ich nicht mehr dazu, mich um Clara zu kümmern. Als ich dann endlich Zeit hatte, schaute ich nach ihr. Sie saß weiterhin auf dem Sessel, hielt einen Keks in der Hand.

»Ich habe schon lange nicht mehr so gut geschlafen«, sprach sie leise.

»Das freut mich. Ich habe gleich Mittagspause, was halten Sie davon, wenn ich uns etwas zu Essen besorge? Was mögen Sie gerne?«

Sie richtete sich gerade auf. »Sie wollen, mit mir zusammen essen. Dünste ich für Sie nicht reichlich …« Ich hob die Hand, sie beendete den Satz nicht. »Anderer Vorschlag. Meine Wohnung liegt eine Straße weiter. Wir gehen dorthin. Und bitte, nicht dass es jetzt so rüberkommt, als würde ich das unbedingt wollen, nur wenn sie es möchten, können Sie bei mir duschen, sich umziehen und ich bereite uns in der Zwischenzeit etwas zu essen zu. Was halten Sie von Bratkartoffeln mit Eiern und Salat?«

Erstaunt sah sie mich an. »Meinen Sie das ernst? Sie kennen mich doch gar nicht und wollen, dass ich mit Ihnen in Ihre Wohnung gehe?«

»Haben Sie einen besseren Vorschlag?«

»Sie meinen es wirklich ernst. Warum machen Sie das? Was für eine Absicht steckt dahinter?«

Ich zuckte mit den Schultern. »Kann ich Ihnen keine Antwort drauf geben, irgendwie fühle ich, dass ich diesen Weg gehen möchte. Ohne zu wissen warum, wieso und weshalb.«

Clara biss sich auf die Unterlippe. Rieb die Hände aneinander, als wolle sie diese aufwärmen. »Ein solches Angebot hat mir noch niemand in den letzten zehn Jahren gemacht.«

»Das bedeutet, Sie leben seit zehn Jahren auf der Straße?« Im Stillen habe ich gedacht, es wären noch mehr Jahre gewesen.

»Ja. Und wissen Sie was, ich nehme Ihre Einladung an. Endlich mal in Ruhe duschen zu können, als in diesen Unterkünften für Obdachlose immer sich beeilen zu müssen, weil die Leute Schlange stehen, einige unterlassen es dann sich zu waschen. Aber darauf habe ich immer Wert gelegt, egal, wie lange ich warten musste.« Sie stand auf, packte ihre Jacke, die Tüten. Schnell holte ich den Mantel, schloss den Laden ab und wir gingen durch den Hinterausgang raus.

»Nicht, dass Sie denken, wir nehmen den Ausgang, damit uns keiner zusammen sieht. Wenn wir vorne rausgehen, müssen wir einmal um den Block laufen und von hier aus gehen wir gerade rüber zur nächsten Straße«, gab ich als Erklärung ab und erkannte an ihrem Blick, dass sie mir dankbar dafür war.

Zu Hause zeigte ich Clara die Wohnung und sie verabschiedete sich, gemeinsam mit ihren Tüten ins Badezimmer. In der Küche fing ich an, die Kartoffeln zu schälen, schnitt sie in dünne Scheiben und legte sie in die mit Olivenöl gefüllte Pfanne. Dann nahm ich mir die Zeit, ging zum Fenster und schaute hinaus. Mittagszeit und die Straßen leerten sich ein wenig. Nicht mehr so viele Menschen hasteten von einer Seite zur anderen, um ihren Einkäufen nachzugehen. Bewusst sah ich mich in meiner Küche um, sie war nicht groß, doch gut geschnitten. Eine Küchenzeile, ein Tisch mit zwei Stühlen, das reichte für mich als Alleinlebende aus. In dem Moment kam mir meine Wohnung als purer Luxus rüber, wenn ich daran dachte, womit Clara auskommen musste.
Zu den Bratkartoffeln gab ich reichlich Zwiebeln und ließ Speck aus. Die Spiegeleier wollte ich zubereiten, wenn Clara aus dem Bad kommen würde. Salat war geputzt und mit einem Dressing angemacht. Ich deckte den Tisch ein. Nach über einer Stunde hörte ich die Badezimmertür und kurz darauf kam Clara in die Küche. Ich traute meinen Augen nicht. Die Frau war nicht älter als ich, wahrscheinlich sogar jünger. Sie trug eine saubere Jeans, einen

weißen Rollkragenpullover, ich Haar glänzte. »Wow«, rutschte mir raus. Vor Schreck hielt ich mir die Hand vor den Mund. »Entschuldigen Sie … ich«, stotterte ich rum.

»Du brauchst dich nicht zu entschuldigen. Ich habe dafür Verständnis. Ich sehe halt frisch geduscht und nicht in viele Jacken verpackt anders aus.« Sie lächelte mich an. Da sie auf das Du umgestiegen war, ging ich darauf ein, ohne mit ihr darüber zu sprechen. »Da gebe ich dir recht. Komm, setz dich an den Tisch. Wie magst du dein Spiegelei? Beide Seiten gebraten oder weich?« Ich ging zum Herd, stellte die Platte an.

»Weich bitte.« Clara nahm Platz, rückte den Stuhl eng an den Tisch.

»Passt, ich mag sie auch so.« Schnell waren die Eier zubereitet, ich stellte die Pfanne mit den Bratkartoffeln auf den Tisch, die Eier verteilte ich direkt auf die Teller. Dann setzte ich mich ihr gegenüber. »Lass es dir schmecken.« Reichte ihr den Schöpflöffel für die Kartoffeln.

»Danke, mir läuft das Wasser im Mund zusammen. Ich habe richtig Hunger. Vielen Dank.« Sie füllte ihren Teller mit Kartoffeln und Salat. Ich erkannte ihr Strahlen, das ließ sie noch jünger erschienen.

»Darf ich fragen, wie alt du bist?«

»Zweiundfünfzig. Und du?«

»Ein Jahr älter. Möchtest du lieber eine Cola oder Limo trinken?«

»Nein, Wasser reicht, danke.«

Ich schüttete unserer Gläser voll. Dann aßen wir stumm weiter.

»Puh ...« Clara rieb sich den Bauch. »Das war ein Festmahl. Danke.« Tränen schimmerten in ihren Augen. Ich fühlte mich berührt. »Gerne. Nachtisch?«

»Nachtisch?«

»Ja, wenn du magst, ich habe Schokoladenpudding im Kühlschrank.« Ich stapelte die Teller zusammen, Clara sprang sofort auf, um mir zu helfen.

»Als Dankeschön würde ich gerne das Geschirr spülen und später einen Pudding gerne annehmen.«

Ich lächelte. »Die Teller kommen in die Geschirrspülmaschine. Dann machen wir es uns lieber im Wohnzimmer auf der Couch gemütlich und löffeln dabei die Nach-Speisespeise.« Ich zog die Schublade auf, nahm zwei Teelöffel und den Pudding aus dem Kühlschrank. Nachdem Clara das Geschirr in die Maschine eingeräumt hatte, folgte sie mir. Nahm auf dem Sofa gegenüber von mir Platz.

»Kommt mir vor, als wäre heute schon Weihnachten. Ich bin dir sehr dankbar.« Ihre Augen glitzerten. Dann sah sie sich im Raum um. »Hier hast du noch nicht viel geschmückt. Da sieht dein Geschäft ganz anders aus.«

»Das kommt noch, ich habe ja reichlich an Weihnachtsdekoration im Geschäft. Zwei Tage vor Weihnachten schmücke ich hier und das bleibt dann auch bis Ende Januar.« Ich löffelte meinen Pudding leer, stellte den Becher auf den Tisch.

»Du hast ein schönes Geschäft. Weißt du ...« Clara hielt kurz inne. Erwartungsvoll schaute ich zu ihr hinüber.

»Weiß du, ich liebe Weihnachtsdekoration, habe damals selbst in einem Geschäft für Dekoartikel gearbeitet. Geschäftsführerin. Die schönste Zeit war für mich jedoch die Adventszeit, wenn alles glitzerte.« Sie stieß ein Lachen hervor.

»Ich liebe Weihnachten«, gab ich zu.

»Ich auch, diese Liebe werde ich mir niemals nehmen lassen. Niemals.« Ihre Stimme war lauter geworden, als würde sie mit Dämonen kämpfen.

»Was ist passiert?«, traute ich mich zu fragen. Clara sah auf und mir direkt in die Augen, atmete tief durch, dann verschleierte sich ihr Blick, als würde sie in eine Zeit verreisen weit vor dem heutigen Tag. Stumm blieb ich sitzen und wartete ab.

»Es war am vierten Advent vor zehn Jahren. An dem Tag hatte das Geschäft, in dem ich arbeitete, bis um zweiundzwanzig Uhr geöffnet. Ich war seit acht Uhr am Morgen in dem Laden, habe vor Öffnung alles vorbereitet. Denn an diesen Tagen, das weißt du selbst, ist der Ansturm ziemlich groß. Zwei Mitarbeiterinnen fielen aus, das wusste ich bereits einen Tag zuvor, konnte keinen Ersatz finden. Mein Mann war überhaupt nicht damit einverstanden, dass ich so lange arbeiten würde. Es blieb mir nichts anders übrig. Heute weiß ich, dass er mich nur aushorchen wollte, ob ich nicht doch früher nach Hause kommen würde.« Sie hielt inne. Ich rührte mich keinen Millimeter, stellte keine Frage, wartete. Fünf Minuten später sprach sie weiter. »Als ich kurz vor dreiundzwanzig Uhr nach Hause kam, standen drei Koffer vor der Tür. Es waren meine Anziehsachen. Der Schlüssel passte nicht mehr ins Schloss. Ich hämmerte gegen die Tür, solange bis ein Hausbewohner wütend aus seiner Wohnung kam. Der erzählte mir, dass die Wohnung leer stände, mein Mann und die Kinder ausgezogen wären.

Er wunderte sich nicht einmal, dass ich da stand. Bat um Ruhe und schloss die Tür. Ich rief die Polizei. Im Grunde waren mir die Möbel egal, doch wo waren meine Kinder?«

»Du hast Kinder?« Nun konnte ich mich doch nicht zurückhalten.

»Ja. Eine Tochter, einen Sohn. Damals neun und sechszehn Jahre alt. Sie waren mit meinem Mann spurlos verschwunden. Die Polizei konnte mir nicht viel helfen, sie gingen nicht von einem Verbrechen aus. Vor dem Haus befand sich ein Kinderspielplatz. Auf einer Bank verbrachte ich die kommenden Tage und Nächte. Auf Toilette ging ich in eine Kneipe oder in ein Gebüsch. Ich hoffte darauf, mein Mann und die Kinder würden nach mir sehen, mich vermissen. Nach einer Woche gab ich es auf, die Polizei konnte mir nicht weiterhelfen, ich fing an auf der Straße zu leben. Ging oft noch zu dem Haus, um nachzuschauen, ob sie nicht zurückgekommen, mir eine Nachricht hinterlassen haben. Fragte die Nachbarn, doch niemand konnte mir Auskunft geben. Ich ging zu meiner Arbeitsstelle und ließ mir kündigen, denn ich war nicht in der Lage zu arbeiten. Ich war am Ende, wusste mir nicht zu helfen.« Sie wischte sich Tränen von den Wangen, ich schluckte trocken. Unvorstellbar, wenn mir so etwas passieren würde. Meinen Kindern ging es zum Glück gut, sie lebten in einer großen Stadt und fühlten sich dort wohl. Hin und wieder besuchten wir uns gegenseitig. Mein Mann lebte mit seiner neuen Frau, nicht weit von den Kindern entfernt. Das war alles schon viele Jahre her, ich hatte längst Frieden geschlossen, fühlte mich gut und damals eröffnete ich den Weihnachtsladen.

»Weißt du, wo deine Kinder sind?«

»Nein und irgendwann bekam ich Scheidungspapiere zugesandt. Der Brief war einige Zeit unterwegs. Wie er das hinbekommen hat, ohne meine Anwesenheit? Ich weiß es nicht, es war nicht zurückzuverfolgen. Sein Anwalt hielt sich an die Schweigepflicht. Mein Ex hat mir einen Brief zukommen lassen, in dem stand, dass meine Kinder mich niemals wiedersehen möchten, denn schließlich hätte ich sie verlassen.«

Ich sprang auf. »Aber das hast du doch nicht, oder?«

»Nie und nimmer. Doch seit zehn Jahren lebe ich mal hier, mal in den anderen Großstädten in der Hoffnung sie wiederzufinden. Daher keinen festen Wohnsitz, habe jedoch in jeder Stadt eine Meldeadresse, meist beim Sozialdienst katholischer Menschen und lebe vom Bürgergeld.«

»Und deine Kinder haben sich nie bei dir gemeldet?«

»Wie denn? Ich bin doch obdachlos, wo sollen sie mich denn finden?«

»Ja klar.« Ich schlug mir mit der flachen Hand vor den Kopf. »Weißt du denn, warum dein Mann von jetzt auf gleich ... War etwas vorgefallen?«

Sie zog die Schultern hoch. »Ich weiß es nicht. Er hat niemals mit mir über irgendwelche Probleme in der Ehe gesprochen. Kein einziges Mal, deshalb kann ich auch nicht damit abschließen, es macht mich an manchen Tagen verrückt. Drum bin ich froh, auf dein schönes Schaufenster sehen zu können und ein wenig Ruhe in mir zu finden.« Sie zog ein Taschentuch aus der Hosentasche. Ich stand auf, ging in die Küche, lehnte mich an die Küchenzeile. Puh, ganz schön heftig. Gab es so etwas überhaupt? Ihre Familie verschwindet mal gerade so. Ist das glaubhaft? Ich spürte das Zweifel in mir aufstiegen. Ich stellte mich in den Türrahmen. »Und deine Eltern, seine Eltern?«

»Meine Eltern leben in der Schweiz, wollen mit mir nichts zu tun haben, weil ich auf der Straße lebe. Und ich kann nicht zu ihnen, dort würde ich vielleicht niemals meine Kinder finden. Seine Eltern wollten nie etwas mit mir zu tun haben, ich kam ihnen nicht aus der richtigen Familie. Als mein Ex-Mann mit den Kindern verschwunden war, zogen sie auch irgendwo hin, keine Ahnung, ich habe sie bis heute nicht ausfindig machen können.«

Ich schaute auf die Uhr. »Oje, es ist spät, ich muss zurück in den Laden. Magst du hier in meiner Wohnung bleiben?«

»Würde es dir etwas ausmachen, wenn ich mitkomme?«, stellte sie als Gegenfrage.

»Komm mit.«

Clara holte ihre Plastiktüten und blieb plötzlich im Flur damit stehen, sah mich an. »Ich bin noch nie in den letzten zehn Jahren ohne Tüten gegangen. Ich würde gerne einmal ganz normal aus dem Haus gehen, darf ich sie bis später hier stehen lassen? Dann hole ich sie, wenn du Feierabend machst. Wäre das möglich?« Bittend sah sie mich an. Warum nicht?, dachte ich und nickte ihr zu. Obwohl, ich gebe zu, ein wenig mulmig war mir doch zumute. Worauf hatte ich mich da eingelassen? Fremde Dinge in meiner Wohnung, wo ich nicht mal wusste, was in den Tüten alles drin war. Ich schüttelte die Gedanken ab, denn mein Bauchgefühl signalisierte mir, es sei alles in Ordnung. Wir gingen rüber in den Laden und Clara sah sich um. Niemand würde in ihr die Obdachlose von der Bank erkennen, da war ich mir sicher. Ihr Erscheinungsbild lag Welten zwischen der Frau auf der Bank und der, die sich die Dekorationsgegenstände anschaute. Die Leute schienen sich an diesem Nachmittag wohl verabredet zu haben Dekoartikel zu kaufen, denn die Ladentür öffnete und schloss sich im Minutentakt. Ich konnte nicht alle Kunden auf einmal bedienen. Und wie selbstverständlich ohne jegliche Absprache übernahm, Clara einen Teil der Kundinnen. Sobald sie nicht weiterwusste, kam sie zu mir und bat um Hilfe. Das kam nicht oft vor. Einmal beobachtete ich sie und spürte, wie sie förmlich aufblühte. Sie strahlte. Ein weiteres Mal öffnete sich die Tür und ich erkannte Frau Schneider. Oje, das könnte schief gehen, wenn diese Kundin Clara als die Obdachlose wiedererkennen würde. Doch dazu kam es nicht, Frau Schneider ließ sich von ihr beraten und kam dann an die Kasse, um bei mir zu bezahlen. »Da haben Sie ja eine nette Mitarbeiterin gefunden. Ich habe mich schon immer gewundert, wie Sie das alles allein schaffen. Ich bin gut beraten worden.« Beim Bezahlen beugte sie sich ein Stück zu mir rüber. »Und das Problem mit der Pennerin auf der Bank haben Sie auch hinter sich gebracht. Ein Glück, sonst hätte ich diesen Laden nicht mehr betreten.« Sie reichte mir das Geld, ich schluckte. Überlegte, ob ich ihr klar und deutlich sagen sollte, wer sie da gerade bedient hatte. Nein, ich wollte Clara nicht in eine missliche Lage bringen. Diese war jedoch auf das Gespräch aufmerksam geworden, stellte sich vor Frau Schneider. »Ich freue mich, dass Sie mit meiner Beratung zufrieden sind. Übrigens die Pennerin von der Bank bin ich. Mein Name ist Clara, falls es Ihnen lieber ist, mich so anzusprechen.« Frau Schneiders Gesichtsfarbe wechselte ins Bleiche, dann wurde sie Puterrot. »Was für einen Scherz erlauben Sie sich mit mir. Niemals würde Frau Kohlschmitt eine solche Person bei sich arbeiten lassen. Oder Frau Kohlschmitt? Niemals, oder?« Aufgebracht sah sie mich an. Clara nickte mir zu, das nahm ich als Zustimmung die Wahrheit zu sagen. »Ich bin dankbar, dass Clara mir heute zur Hand geht, es war reichlich Ansturm. Ja, Frau Schneider, Clara ist die Obdachlose auf der Bank. Und nun bitte ich Sie zu gehen, denn Sie wissen doch gar nicht, welche Beweggründe dahinter stecken, dass Clara auf der Straße lebt. Ich möchte nicht, dass ein Mensch derart behandelt wird. Sie waren mir immer eine gern gesehene Kundin, doch wenn Sie Ihre Meinung nicht ändern und auch einen Obdachlosen mit Respekt behandeln, dann bitte ich Sie, nicht mehr in meinem Laden einkaufen zu kommen. Es liegt an Ihnen. Ich wünsche Ihnen eine schöne besinnliche Weihnachtszeit.« Die Worte, die aus Frau Schneiders Mund kamen, waren unverständlich. Wütend riss sie die Tür auf und ließ sie ins Schloss fallen.

»Danke, noch nie ist jemand für mich ...« Clara wischte sich Tränen von der Wange.

»Schon gut, mir ging das die letzten Tage schon derart auf den Nerv, was sich die Menschen manches Mal herausnehmen, nur weil du anders lebst, als es erwartet wird.« Die nächsten zwei Stunden waren etwas ruhiger und Clara half mir dabei neue Ware auszuzeichnen. Ich spürte, dass es ihr Freude bereitete und überlegte, ob ich mir eine Aushilfe für die letzte Woche nicht leisten könnte? Warum nicht. Das Geschäft lief super. Ich nahm mir vor, sie am Abend darauf anzusprechen. Ob das möglich war, wo sie doch irgendwo auf der Straße übernachtete und dann auch in dem Outfit herkommen würde. Es würde eine Lösung geben, nahm ich mir vor.

Nach Geschäftsschluss kam Clara wie besprochen mit zu mir. Im Flur zog sie sich die vielen Jacken über, nahm ihre Tüten. »Danke, das war ein wunderschöner Tag, den werde ich so schnell nicht vergessen. Es hat mir gutgetan ein wenig Normalität zu leben.« Sie hielt mir die Hand entgegen. Ich schüttelte sie. War unsicher, ob ich sie fragen sollte bei mir auszuhelfen oder nicht. Eine Nacht auf der Straße und dann fit sein für einen Job? Ich überlegte, konnte in dem Moment keine Entscheidung treffen und ließ sie gehen. »Kommst du morgen zur Bank?«, rief ich ihr nach. Sie drehte sich um. »Aber sicher. Schlaf gut und danke dir nochmals.«

Am nächsten Tag schaute ich ständig durchs Schaufenster auf die Bank. Clara war bis zur Mittagszeit nicht erschienen. Würde ich sie je wiedersehen? Ich machte mir Vorwürfe, dass ich am Vortag nicht den Mut besessen hatte, sie zu fragen, ob sie sich vorstellen könnte bei mir zu arbeiten. Auf einmal sah ich sie um die Ecke kommen. Ihre Tüten schimmerten bunt. Erleichtert atmete ich auf und winkte sie herein.

»Ich habe dich schon vermisst, dachte, du würdest vielleicht nicht mehr kommen«, empfing ich sie. »Komm, wir gehen nach hinten, im Moment ist es ruhig.« Sie folgte mir, zog den Mantel aus, stellte die Tüten an die Wand und setzte sich aufs Sofa. »Mir ist gestern etwas bewusst geworden«, fing sie an. Erstaunt blickte ich sie an. »Und was, wenn ich fragen darf.«

»Ich habe mich immer für schuldig gefühlt, was mir passiert ist. Frage mich seit zehn Jahren, was ich verbrochen habe, dass mein Mann und die Kinder spurlos verschwunden sind. Nie ist mir eine Antwort eingefallen. Aus meiner Sicht waren wir glücklich, haben nur wegen meines Jobs gestritten, wenn ich zu spät nach Hause kam, ansonsten kann ich mich an keine weiteren Probleme erinnern. Er muss sein Verschwinden schon lange zuvor geplant haben, das geht doch nicht von heute auf morgen, einfach eine Wohnung auszuräumen. Ich denke, er hat auf den richtigen Moment gewartet, warum auch immer. Ich nahm die Strafe an, die ich mir selbst auferlegte, und lebe seitdem auf der Straße in verschiedenen Städten, nur in der Hoffnung meine Kinder wiederzusehen. Würde ich sie überhaupt noch erkennen? Doch du hast mir gestern die Augen geöffnet. Du bist mehr für mich eingestanden als ich selbst für mich in den letzten zehn Jahren. Dafür bin ich dir sehr dankbar. Ich war auf dem Amt, habe mich fest angemeldet. Dort hat die Mitarbeiterin mir gesagt, wer mir weiterhelfen könnte. Und stell dir vor, da gibt es eine Stelle, die hilft mit kleinen Zimmern, bis du einen Job hast und dir dann etwas Eigenes leisten kannst. Und da kann ich in drei Tagen einziehen. Kannst du dir das vorstellen? Ich werde nicht mehr von Stadt zu Stadt ziehen, ich bleibe hier und baue mir ein neues Leben auf. Ich kann die Vergangenheit nicht ändern, doch ich kann sie hinter mir lassen. Meine Kinder werde ich niemals vergessen. Doch ich muss nach vorne schauen.« Clara war ganz außer Atem, so schnell sprudelten die Worte aus ihr heraus. Mein Herz schlug schneller, ich freute mich für sie.

»Und einen Job, wenn du magst, hast du auch schon, zwar erst mal nur bis zum Jahresende, denn ich bin ja nur für zwei Monate hier. Hättest du Lust mit mir zusammen zu arbeiten?« Nun war es raus und ich fühlte mich gut dabei. Erstaunt sah sie mich an. »Meinst du das im Ernst?« Ich nickte.

»Ja klar, sobald ich das Zimmer bezogen habe, denn dann laufe ich nicht mit Tüten rum.«

»Du könntest die drei Tage bei mir wohnen, wenn du magst.« Sprachlos schaute sie mich an und nickte unter Tränen. Dann zog sie mich in ihre Arme, drückte mich an sich. »Danke. Dich muss ein Weihnachtsengel zu mir geschickt haben.«

In den kommenden Tagen arbeiteten wir zusammen. Schmückten gemeinsam meine Wohnung weihnachtlich und auch ihr kleines vorübergehendes Zuhause in dieser Pension. Die Geschäfte liefen besonders gut und am Heiligen Abend gab es nochmals einen richtigen Ansturm. Die Kunden kauften mir die Regale leer, dadurch, dass die Ware zum Ausverkauf reduziert war. Ich lud Clara zum Heiligen Abend zu mir nach Hause ein. Jede von uns steuerte etwas zum Weihnachtsmenü dazu. Clara blühte jede Sekunde mehr und mehr auf. Nach dem Essen saßen wir gemeinsam im Wohnzimmer und tranken einen Punsch. Clara erzählte mir Geschichten, die sie auf der Straße erlebt hatte, sie öffnete sich mir gegenüber. Die Lichter am Tannenbaum strahlten Harmonie aus und die Kerzen am Adventskranz brannten nieder. Claras Augen leuchteten und sie wiegte sich im Klang der Weihnachtsmusik. Wir sangen gemeinsam, lachten und freuten uns darüber, dass wir uns kennengelernt haben. Wer weiß, wer Clara vor mein Schaufenster geschickt hatte. Ich war mir sicher, es war eine schicksalhafte Fügung.

»Weißt du, was ich jetzt am liebsten machen würde?« Clara schaute zu mir herüber.

»Mhm.«

»Sollen wir einen nächtlichen Bummel durch die Stadt machen? Vielleicht ist es eine alte Gewohnheit, doch es wird nun überall ruhig sein und die festliche Beleuchtung hat etwas ganz besonders Magisches an sich. Magst du?«

»Warum nicht.« Ich stand auf und schon bald machten wir uns auf den Weg Richtung Innenstadt, zum kleinen Laden, der eigentlich zum Ende des Jahres geschlossen sein würde.

»Sag mal, Clara, was hältst du davon, wenn wir das Ladenlokal weiterhin mieten und ein Dekogeschäft, mit ausgewählten Stücken daraus machen würden. Natürlich nur bis November, dann wieder Weihnachtsdeko.«

»Ich habe kein Startkapital, wie soll das möglich sein? Interesse hätte ich schon. Das wäre eine tolle Sache und ich bräuchte mir keine andere Arbeit zu suchen, denn ich liebe es, Deko zu verkaufen.«

»Du wärst weiterhin meine Angestellte, mit einem Festgehalt und Verkaufsprovision. Und für alles andere komme ich auf. Eigentlich arbeite ich nur die zwei Monate im Jahr, ich kann es mir leisten, habe eine Erbschaft

von einem Onkel ... Ach, das spielt jetzt keine Rolle.«
Wir bogen um die Ecke, auf dem Weg zum Geschäft und waren keine fünf Meter davon entfernt. Plötzlich blieb Clara wie angewurzelt stehen.

»Was ist? Geht es dir nicht gut? Willst du doch nicht mit mir ein Geschäft ...?«, fragte ich erstaunt. Keine Reaktion. Ich folgte ihrem Blick, der auf die kleine Bank vor meinem Geschäft gerichtet war. »Ach guck mal, da sitzt eine junge Frau und ihr Kind schaut sich die Auslage im Schaufenster an.« Ich lächelte. Doch Clara war kreideweiß im Gesicht. »Bist du sauer, dass da jemand auf deiner Bank sitzt?« Ich versuchte einen Witz zu machen. Wild schüttelte sie den Kopf.

»Was ist es dann?« Ich rüttelte sie. »Sag doch, was los ist.« Langsam wurde mir bange, bei ihrem Anblick. Ich sah in ihre Augen, die sich mit Tränen füllten. »Die Frau sieht meiner Tochter, als sie klein war ziemlich ähnlich. Wie sie lächelt und sie trägt eine Mütze mit Rosenmuster. Ich habe meiner Tochter eine solche gestrickt, als sie zehn Jahre alt war.« Sie sprach so leise, dass ich mich zu ihr rüber beugen musste.

»Was? Bist du dir da ganz sicher? Solche Zufälle gibt es nicht oder doch?«

»Ich bin mir sicher, dass es die Mütze ist. Sie wollte unbedingt eine total pinke Rose. Und wenn ich mir die Frau anschaue, Alter würde passen, Haarfarbe und das Gesicht von ihrem Kind gleicht dem meines Vaters.« Clara sackte in sich zusammen, ich konnte sie gerade noch unter dem Arm abfangen. »Wenn das deine Tochter sein soll, dann fall ich um«, meinte ich.

»Was soll ich denn jetzt machen?«

»Hingehen.«

»Nein, das traue ich mir nicht zu.«

»Soll ich?«

Sie zuckte mit den Schultern. »Weißt du, damals im ersten Jahr nach dem Verschwinden war ich bei einer Therapeutin, die hat mir gesagt, dass wenn man etwas in seinem Leben verändert, selbstbestimmt und aus dem Teufelskreis raus eine neue Richtung einschlägt, dann würden sich Welten für einen öffnen. Ich habe das niemals geglaubt, bin auch nicht mehr hin. Ging eh nicht, kein Geld, ich lebte ja auf der Straße.« Sie hielt meinen Arm fest umklammert.

»Wir gehen gemeinsam jetzt da rüber. Du schaust dir die Frau aus der Nähe an. Wir können ja vorgeben, wir wollten noch mal etwas in meinem Geschäft nachschauen.« Aufmunternd nickte ich ihr zu. Langsam gingen wir auf die Frau und das Kind zu. Grüßten freundlich, wünschten frohe Weihnachten. Die junge Frau schaute auf, runzelte die Stirn. Für Minuten passierte nichts. Wir standen einfach da. Die Frau schaute Clara an, Clara sie. Ich stand daneben, atmete heftig ein und aus vor lauter Aufregung.

»Mama, können wir jetzt wieder nach Hause gehen? Meinst du, der Weihnachtsmann war schon da?« Der Junge lief auf seine Mutter zu, ließ sich in ihre Arme fallen.

»Ja, wir gehen gleich, warte noch einen Moment.« Dann stand sie auf, der Junge nahm ihre Hand. Sie trat näher auf Clara zu.

»Was ist Mama, kennst du die Frauen?«

Sie gab dem Jungen keine Antwort, sie blieb vor Clara stehen. »Entschuldigen Sie, dürfte ich Sie um Ihren Namen bitten. Sie kommen mir bekannt vor, doch ich bin mir nicht sicher. Weil die Person, der sie ähnlich sehen, ist eigentlich vor zehn Jahren verstorben. Ganz plötzlich.«

Ich beobachtete, wie Clara die Mundwinkel bewegte, sicher wollte sie versuchen Tränen zurückzuhalten.

»Entschuldigen Sie, Sie müssen mich für verrückt halten.« Die Frau wandte sich ab.

»Nein, warten Sie.« Ich hoffe, sie würde nicht gehen.
Die Frau drehte sich zurück.

»Heißen Sie mit Vornamen Clara und sind im Mai geboren?«, fragte sie.

»Ja, das trifft zu. Und du bist Leonie.«

»Aber, das kann doch nicht wahr sein. Oder? Vor zehn Jahren sind wir am vierten Adventssonntag von jetzt auf gleich aus dem Haus gezogen. Vater erzählte, du wärst plötzlich auf der Arbeit verstorben. Du hättest einen Herzinfarkt erlitten, vom vielen arbeiten. Vater sagte uns, dass Papiere vorlagen, die du schon vor Jahren erstellt hattest, im Falle, wenn du stirbst. Du hattest deinen Körper der Medizin freigegeben und wärst sofort dorthin gebracht worden. Es gab wohl niemals eine Beerdigung, ich weiß es nicht.« Leonie liefen die Tränen herab, sie ließ es zu.

»Mama, wer ist diese Frau. Können wir jetzt gehen?«

»Sie bückte sich zu ihrem Jungen. Das ist schwer zu erklären, wir reden zu Hause darüber.« Sie strich ihm eine Haarsträhne aus dem Gesicht.

»Bist du es wirklich?«, fragte sie mit brüchiger Stimme Clara.

»Ja, ich bin deine Mutter. Ich habe dir diese Mütze zu deinem zehnten Geburtstag gestrickt.«

»Wer ist deine Mutter, Mama? Die Frau da?« Er zeigte mit dem Finger auf Clara. »Das ist ja toll, ich dachte, ich hätte gar keine Oma.«

»Das habe ich bis jetzt auch gedacht.«

»Du hast mir immer erzählt, Oma wäre im Himmel. Und ist die jetzt da runtergekommen? Mit dem Weihnachtsmann?«

»Nein, nein, mein Junge, ich lebe hier auf der Erde, schon immer. Doch seit einigen Wochen erst in dieser Stadt.«

»Mama, darf ich?« Lieb schaute er zu seiner Mutter hoch.

»Was denn?«

»Na, Oma mit nach Hause nehmen, da kann sie mal sehen, dass der Weihnachtsmann unter den Baum gelegt hat. Darf ich sie mitnehmen?« Er zog an ihrem Mantel.

»Würdest du mitkommen wollen, Mutter?«

Clara schaute zu mir, ich nickte ihr zu. »Ja, gerne.«

»Na, das wird ja für meinen Bruder eine Überraschung sein.«

»Ist der denn auch da?«

»Wir leben zusammen …« Nun kam Leonie näher auf die Mutter zu. Weinte und nahm sie in den Arm. »Ich habe dich so vermisst und Jo auch. Der wird umfallen. Aber ich habe jetzt auch reichlich Fragen, was ist denn damals passiert? Hattest du einen Unfall? Warst du krank? Wolltest du uns nicht mehr? Hast du deinen Tod vorgetäuscht? Warum hat Papa so gehandelt?«

»Ich kann dir keine Antworten darauf geben, ich weiß es auch nicht, warum dein Vater damals mit euch abgehauen ist. Ich habe euch all die Jahre gesucht, doch nie gefunden.«

»Weißt du denn wo Papa ist?«, fragte Clara.

»Wie ... wo dein Vater ist? Das müsstest du doch wissen, oder?« Clara suchte ein weiteres Mal Halt an meinem Arm. Ich spürte, wie sehr sie zitterte.

»Papa hat uns an dem Tag, als wir aus der Wohnung sind und er uns sagte, dass du tot seist vor einem Kinderheim rausgelassen und gesagt, wir sollten da reingehen, er würde uns bald abholen. Dabei drückte er mir einen Brief für die Heimleitung in die Hand. Er ist nie wieder gekommen.«

»Du meine Güte.« Clara hielt sich die Hände vors Gesicht. Ich führte sie zur Bank, damit sie sich setzen konnte. Sie sah zu ihrer Tochter hoch. »Ihr seid im Kinderheim aufgewachsen?«

Leonie nickte. »Ja. In dem Brief stand drin, dass Vater aufgrund deines Todes in eine physische Klinik gehen wollte, um den Verlust zu verarbeiten. Er könnte uns nicht helfen und dass er bald wieder kommen würde. Dadurch, dass wir in einer anderen Stadt über achthundert Kilometer entfernt wohnten, hat niemand an deinem Tod gezweifelt. Papa konnte niemals ausgemacht werden, in keiner der umliegenden Kliniken. Als ich achtzehn wurde, bin ich raus. Mir wurde bei allen Formalitäten geholfen und nach sechs Monaten konnten Jo und ich zusammen in ein Wohnheim für junge Menschen. Ein

Jahr später sind wir in eine gemeinsame Wohnung gezogen, ich erhielt das Sorgerecht für ihn, in Zusammenarbeit mit dem Jugendamt. Seitdem wohnen wir zusammen. Jo, mein Mann und unser Sohn Niklas.«

Clara nickte unter Tränen. Sie schien sprachlos erschöpft, denn sie sackte in sich zusammen.

»Mama, komm erst mal mit zu uns, dann reden wir in aller Ruhe darüber. Möchten Sie mitkommen?«, fragte sie an mich gerichtet. Ich sah Clara an. »Schaffst du es allein?«

»Ja. Zehn Jahre Hoffnung ...« Sie schluckte. Niklas nahm eine Hand der Großmutter, die andere der Mutter und ging zwischen den beiden die Straße entlang. Ich sah ihnen noch lange nach. Dann setzte ich mich auf die Bank, sah hinauf zum Sternenhimmel. Die Nacht war glasklar. Ein Wunder war in der Heiligen Nacht geschehen, wie damals vor über zweitausend Jahren. Ich nahm mir vor, niemals mehr an einem Wunder zu zweifeln. Ich war mir sicher, wenn ich diese Geschichte erzähle, dann würde sie mir niemand glauben. Sie war halt unglaublich wunderbar ... »Da hast du aber etwas Tolles gezaubert, lieber Weihnachtsmann.« Ich zwinkerte zum Himmel gen Norden.

Eine Sternschnuppe leuchtete hell auf ...

Du bist anders

»Was machst du hier?«, fragte Mila, als sie auf Doris zuging. Diese saß auf einer Kinderschaukel, die zwischen zwei Ahornbäumen hing, in einem Park.

»Ich lass die Seele baumeln.« Doris lächelte ihre Freundin an.

»Du redest wieder Unsinn. Ich habe dich im Ernst gefragt, was du hier machst? Es wird langsam dunkel und du schaukelst hier rum. Zum Glück sind keine Kinder mehr auf dem Spielplatz, sonst hättest du ein Problem.« Sie stellte sich vor Doris.

»Was für ein Problem? Dürfen wir als Erwachsene nicht mehr auf einer Schaukel sitzen und ich rede keinen Quatsch, ich lasse wirklich meine Seele baumeln.« Doris entging nicht, dass Mila tief durchatmete. Sie rieb sich dabei die Arme. »Ganz schön kalt hier draußen. Sollen wir nicht zu dir nach Hause gehen?«

Doris stand auf, hakte sich bei der Freundin unter und gemeinsam gingen sie zu ihrem Auto, das sie vor dem Parkeingang abgestellt hatte. Erst im Auto fing Mila an zu sprechen. »Sag mal, Doris, ich kenne dich fast mein ganzes Leben lang und wir haben schon einiges miteinander erlebt und du warst schon immer anders als irgendjemand sonst. Doch irgendwie habe ich das Gefühl, als wärst du noch mehr anders als zuvor.«

Doris drehte sich zu ihr hin.

»Nee, jetzt nicht diskutieren, schalt den Motor und die Heizung an und lass uns endlich losfahren«, nörgelte Mila. Doris kam ihrer Bitte nach. Die Fahrt ging stumm vonstatten. Doris spürte, was in Mila vorging. Sie fühlte ihre langsam aufkommende Wut. Doris spürte, jeden Augenblick könnte Mila explodieren. Und alles nur, weil Doris die Worte von, Seele baumeln lassen, ausgesprochen hatte. Vor Doris` Haus angekommen, stieg Mila zügig aus, knallte die Tür mit Schwung ins Schloss. Doris blieb still, sie brauchte nicht zu fragen, sie fühlte, was in der Freundin vor sich ging, die Wut steigerte sich und sie war sich sicher, sobald sie es sich im Wohnzimmer gemütlich machten, würde der Vulkan Mila anfangen zu spucken.

Nachdem Doris ohne danach zu fragen einen heißen Bergkräutertee mit kretischem Honig zubereitet hatte, kam es zu dem zuvor gespürten, in dem Moment, als sie die Tassen auf den Couchtisch stellte.

»Doris, es reicht mir. Ich komme nicht mit dir klar. Was ist denn mit dir los? Hat man dich einer Gehirnwäsche unterzogen?«

Doris spürte, dass zu Milas Wut sich Angst hinzufügte.

»Mila, du brauchst keine Angst zu haben.«

»Wie kommst du denn jetzt darauf? Tickst du noch richtig?«

»Setz dich erst mal auf deinen Lieblingssessel und wir reden in aller Ruhe.« Doris deutete auf den grünen Sessel im Wohnzimmer hin. Viel war in dem Zimmer nicht vorhanden. Die Couch, ein kleiner Tisch, der Sessel und ein Schrank mit unzähligen Büchern. Die Beleuchtung kam von einer Stehlampe. Doris zündete die vier Kerzen am Adventskranz an. Schaltete eine Lichterkette ein, die zur weihnachtlichen Fensterdekoration gehörte. Fünf

Weihnachtssterne und dazwischen Schneekugel unterschiedlicher Größe standen auf der Fensterbank. Die Schneekugeln spiegelten die Lichterkette wieder.

»Gibst du mir nun endlich eine Antwort?« Nervös tippte Mila mit dem Fingernagel gegen die Keramiktasse. Doris setzte sich ihr gegenüber. Sie spürte, die Freundin hatte sich gering beruhigt.

»Mila, wir kennen uns schon sehr lange und weißt du, im Grunde war ich nie anders als jetzt, ich habe es nur nicht gezeigt. Und wenn, dann hast du und auch mein anderes Umfeld mich immer abgestempelt als zu sensibel. Eure Worte sind dann gewesen: Augen zu und durch, dann musst du dich dazu zwingen, reiß dich zusammen und stell dich nicht so an.«

»Hast du einen Knall?«

»Wieso bist du so wütend und warum ängstlich?«

»Bitte was?«

»Ich spüre deine Gefühle.«

»Doris, bitte so etwas gibt es nicht.«

»Ich habe es schon immer gespürt. Sei es, wenn du mich aus Angst vor einer Verletzung lieber mit einer Halblüge abgetan hast, oder wenn du wütend auf mich gewesen bist und es mir nicht zeigen wolltest oder wenn dir nach lachen gewesen ist, wenn mir nach weinen war.« Für einen Moment wurde es zwischen den beiden ruhig. Es dauerte eine Weile, bis Mila sich fasste und Doris in die Augen sah.

»Du redest hier mit vollem Ernst, oder?«

»Ja.«

»Und … und …«

»Ja, ich spüre, rieche, schmecke, fühle und höre, seit meiner Geburt mehr als andere Menschen. Das ist so, ich kann mich nicht dagegen wehren. Ich möchte es auch nicht.«

»So etwas gibt es nicht.«

»Doch, um ganz genau zu sein, hochsensible Menschen machen ungefähr fünfzehn bis zwanzig Prozent der Menschheit aus. Und die meisten haben es nicht einfach im Leben. Es ist schon schwer damit umzugehen, doch das Umfeld macht es einem oft noch schwerer.«

Mila beugte sich nach vorne. »Muss ich Angst vor dir haben? Siehst du Dinge, die ich nicht sehen kann?«

Kurz lachte Doris auf. »Hast du in all den Jahren vor mir Angst gehabt? Ich habe dir schon oft Ereignisse gesagt, die dann eingetroffen sind.«

»Angst vor dir Sensibelchen doch nicht. Und das mit dem Zutreffen war alles Zufall.«

»Hochsensibilität ist etwas anderes. Ja, ich weiß, du denkst, ich bin eine Heulsuse, wenn ich mal etwas ernster nehme als du.«

»Ja, genau und du bist immer so schnell verletzt. Obwohl, du dann doch auch wieder schnell vergisst. Na ja, du bist eben anders.« Mila trank am Tee.

»Mila, es ist eine Gabe hochsensibel zu sein. Auch wenn es viele nicht wahrhaben wollen. Hochsensible nehmen alles mehr ernst und ich selbst spüre es auch körperlich. Ich möchte mich nicht mehr verstecken und rede darüber, gebe es zu und entweder akzeptiert mich mein Gegenüber, so, wie ich bin oder nicht.« Doris stand auf, ging in die Küche und kam mit einem Teller Plätzchen zurück.

»Schau, diese Plätzchen rieche ich intensiver als du. Und sie schmecken für mich auch viel süßer als für dich.«

»Ach Quatsch, woher willst du das denn wissen.«

»Ich bin über sechzig Jahre alt und habe reichlich an Erfahrung gesammelt. Ich bin dankbar, dass ich mit der Hochsensibilität klar komme, weißt du wie viele Menschen, die die gleiche Gabe haben daran zerbrechen, sich in Kliniken oder mit privaten Therapien helfen lassen müssen?«

»Du redest nur Unsinn«, sprach Mila mit vollem Mund, dann schaute sie auf die Uhr. »Ich muss gehen, mein Schatz wartet darauf, dass ich Abendessen zubereite.« Sie stand auf, ging auf die Haustür zu.

»Du lügst«, rief Doris ihr nach.

Abrupt drehte sich Mila um. Ihr Wangen waren rot verfärbt. Daran erkannte Doris, dass sie recht hatte.

»Ich gebe zu, mein Mann ist gar nicht zu Hause, sondern mit Freunden unterwegs. Ich will einfach nicht mehr mit dir über einen solchen Blödsinn reden. Einverstanden?« Sie atmete tief durch.

»Wenn du das möchtest.« Sie schaute Mila noch lange hinterher, als sie die Straße Richtung Bushaltestelle marschierte. Dann ging sie zurück ins Wohnzimmer, setzte sich auf die Couch, umklammerte ein Kissen vor dem Bauch.

Seit ihrer Kindheit konnte sie fühlen, was andere Menschen fühlten. Was in ihrem Gegenüber vor sich ging. Sie konnte sich an ihre Zeit erinnern, als sie ein Ladenlokal hatte oder in einem Steuerbüro arbeitete. Unzählige Kunden, ob weiblicher oder männlicher Natur, suchten sie auf, um ihren Rat zu hören, später die Kollegen und

Kolleginnen. Auch ihre engsten Freunde kamen zu ihr, wenn sie Sorgen plagten. Doris` Fühlen ging so weit, dass sie über unzählige Kilometer spürte, wie es den Eltern ging, der Schwester und ihren Freunden. Oft rief sie dann unter einem belanglosen Vorwand an und erfuhr, welche Sorgen die Person am anderen Ende des Telefons hatte. Im Laufe der Jahre, als sie älter wurde, kamen körperliche Symptome dazu. Noch bevor sie erfuhr, dass irgendwo in ihrem engsten Kreis etwas passiert war, verspürte sie Unruhe, ein Zittern und war erst dann beruhigt, als sie die Wahrheit erfuhr. Lag jemand im Krankenhaus, verspürte sie das Unwohlsein der Person. Bei Gesprächen fühlte sie sofort, wenn es jemand nicht ernst meinte, sie anlog oder ihr etwas verschwiegen wurde. Mit dem zunehmenden Alter zog sie sich mehr zurück, versuchte, die Gefühle zu unterdrücken.

Sie war gewohnt, dass ihr gesagt wurde, sie sei anders. Ihre Mutter nahm Doris stillschweigend mit einem Lächeln an, denn sie wusste um deren Gabe, verlor nie ein böses Wort darüber. Doris war hochsensibel und konnte halt mehr spüren als andere Menschen, sie lebte damit. Leider traf sie ständig auf Missgunst und wurde in verschiedenen Situationen nicht so angenommen, wie sie eigentlich war. Am schlimmsten kam sie damit zurecht, wenn Menschen sie verurteilten, schlecht über sie sprachen, ohne dass diese Personen sich jemals die Mühe gemacht hatten, um sie besser kennen und verstehen zu können.

Sie seufzte auf und wusste, sie würde weiterhin ihren Weg gehen. Denn sie hatte sich für den Weg entschieden, seit einigen Jahren hielt sie das Geheimnis um ihre Hochsensibilität nicht mehr zurück. Sie setzte sich auf, schaute auf die herunterbrennenden Kerzen und freute sich innerlich auf den Heiligen Abend, der in vier Tagen sein würde. Doris dachte an Entenbraten, mit frisch zubereitetem Apfelrotkohl, Kartoffeln und zum Nachtisch würde sie vom Weihnachtsteller naschen. Bei dem Gedanken lächelte sie und verspürte bereits den Geschmack von Nugat und Marzipan auf ihrem Gaumen.

Heiliger Abend. Der Tannenbaum war geschmückt mit bunten Kugeln, die Lichterkette zauberte Harmonie in den Raum. Die Krippe stand auf einem Beistelltisch und über ihr leuchtete ein Stern. Doris liebte diese Zeit, auch wenn sie allein lebte, so fühlte sie sich keineswegs danach. Denn durch ihre Hochsensibilität war sie ihren liebsten Menschen immer nah. Das gab ihr ein warmes Gefühl und Freude diesen Tag genießen zu dürfen. Und nicht zu vergessen, niemand würde jemals allein sein, wenn er es zulässt. Denn Gott ist allgegenwärtig. Nach diesem Glauben lebte Doris.
Die Ente war im Ofen, der Rotkohl köchelte vor sich hin. Weihnachtliche Lieder kamen aus den Lautsprecherboxen. Doris sang mit. Sie glaubte an Jesus Geburt und an die heilige Geschichte, die sich in der Weihnachtsnacht zugetragen hatte. Das Wunder der Heiligen Nacht. Sie nahm sich vor, später am Abend, zum Gottesdienst in die Kirche zu gehen.

Es klingelte an der Tür, sie sah auf die Uhr. Wer konnte das sein? Die Familie wollte erst am ersten Weihnachtstag kommen, die Freundinnen und Freunde waren zu Hause oder bei deren Eltern. Zuerst schaute sie durch den Türspion. Mila? Was machte ihre Freundin um die Uhrzeit bei ihr. Eigentlich würde sie doch mit ihrem Mann und den Kindern zu den Schwiegereltern fahren. Sie öffnete die Tür.

»Störe ich?«, fragte Mila. »Ich weiß ja, wie wichtig dir die Ruhe und Besinnlichkeit am Heiligen Abend ist.« Sie schaute Doris in die Augen.

»Klar kannst du reinkommen.« Sie bat die Freundin ins Wohnzimmer. »Setz dich, möchtest du einen Glühwein mit mir trinken?« Mila nickte ihr zu. Doris ging in die Küche und kam kurz darauf mit zwei Bechern zurück, stellte sie auf den Tisch neben den bunten Teller.

»Doris, ich möchte mich …« Mila stockte.

»Was beunruhigt dich?«

»Du fühlst es wieder?«

Doris nickte.

»Ich muss mich erst mal daran gewöhnen, dass du so bist, wie du bist.«

Doris lachte auf. »Mila, wir kennen uns fünf Jahrzehnte, ich war schon immer so.«

»Ja, aber zuvor hast du nicht so offen darüber gesprochen. Verstehst du?«

Doris nickte. »Was hast du auf dem Herzen.«

»Na ja, ich habe mich schlaugemacht über hochsensible Menschen. Und meine Güte, was ich da alles an Youtube-Videos darüber gefunden habe und auch Buchmaterial. Erst dadurch wurde mir bewusst, wie es dir ergeht, wenn du in einen Raum mit vielen Menschen gehst. Du bekommst ihre Gefühle ab. Niemals hätte ich gedacht, dass es so etwas wirklich gibt. Weißt du, ich habe mich immer lustig über dich gemacht, dass du deinen Kaffee immer nur mit einem Hauch von Pulver zubereitest. Jetzt verstehe ich warum, weil du sonst auf der Überholspur bist. Ich habe immer gedacht, du machst dich über mich lustig, wenn du mir das sagst. Und jetzt verstehe ich auch, wenn wir durch die Straßen schlendern und du ständig etwas riechst, was mir überhaupt nicht in die Nase kommt und jetzt respektiere ich auch, dass du keine Chemiekeulen an Medikamenten nimmst, weil sie bei dir ganz andere Wirkungen hervorrufen können als bei nicht hochsensiblen Menschen. Ich habe immer gedacht, wenn du Rückenprobleme hast und nichts dagegen nimmst, dann wären deine Schmerzen noch nicht stark genug. Es tut mir so leid. Natürlich hast du mir so oft gesagt, dass du anders reagierst. Ich habe es dir nicht geglaubt.« Sie hielt inne, sah Doris mit ernstem Gesicht an. In deren Augen schimmerten Tränen.

»Bist du mir böse«, fragte Mila, stand auf und ging auf die Freundin zu, setzte sich neben sie.

»Nein, ganz im Gegenteil. Ich bin froh, dass du dir die Mühe gemacht hast diese Filme anzuschauen und ein Buch über Hochsensibilität zu lesen. Das tut mir so gut, endlich verstanden zu werden. Du bist meine längste Vertraute, es ist mir wichtig, dass ich dir nun sagen darf, wie und was ich fühle. Danke.« Doris drückte die Freundin fest an sich.

»Dann hoffe ich, dass auch meine anderen Freunde und meine Familie dies eines Tages verstehen und respektieren können. Auch wenn es etwas ist, was man nicht sieht, es jedoch da ist. Und ich stehe zu meiner Gabe, ich werde sie niemals mehr verstecken.«

Bald darauf verabschiedete sich Mila und Doris füllte sich den Teller, setzte sich ins Wohnzimmer an den festlich gedeckten Tisch, genoss das Essen. Danach ging sie hinaus auf die Terrasse. In der Zwischenzeit war es dunkel geworden, die Sterne funkelten am wolkenfreien Himmel.

»Danke lieber Gott für deinen Sohn Jesus. Du gibst mir die Kraft, zu mir selbst zu stehen und mich so anzunehmen wie ich bin. Das anders sein ist nicht immer einfach, doch ich danke dir für diese Gabe.«

Ein Stern leuchtete heller auf als die anderen. Doris lächelte. »Danke, ich weiß, dass du da bist.« Es war an der Zeit in die Kirche zu gehen, um die Weihnachtsgeschichte zu hören.

»Ein Kind ward geboren und gewickelt in eine Decke, gebettet auf Heu …«

Doris gab niemals auf an Wunder zu glauben. Sie hoffte, dass viele Menschen anfingen umzudenken, wenn sie einer hochsensiblen Person begegnen würden. Niemandem stand die Hochsensibilität auf die Stirn geschrieben, drum sollte jeder mit Vorsicht seine Äußerungen kundtun. Sein Gegenüber fragen, ihm zuhören und ernst nehmen, respektieren . Das hoffte Doris.

Wunder gab und wird es immer wieder geben.

Bitte schaut genau hin …

Persönliche Worte

Die wahre Liebe zu Weihnachten trage ich seit meiner Kindheit im Herzen.
Seit 1994 schreibe ich Weihnachtsgeschichten, als meine persönlichen Geschenke an meine Freundinnen, Freunde und Familie.
Viele Menschen verbinden Weihnachten mit Stress, dem Geschenkeeinkauf, den zahlreichen persönlichen und beruflichen Verpflichtungen und vergessen in dem Strudel, warum wir überhaupt Weihnachten feiern. Gott hat uns seinen Sohn geschickt. Ich bin mir bewusst, an etwas zu glauben, was nicht sichtbar ist, kann für viele Menschen schwer nachvollziehbar sein. Doch niemand weiß, was es zwischen Himmel und Erde gibt.

Ich freue mich auf die Adventszeit, den Heiligen Abend, auf das Christkind, auf die biblische Geschichte, den rot gekleideten Weihnachtsmann, die zahlreichen weihnachtlichen Filme, auf den Tannenduft, auf die leuchtenden Kerzen, Plätzchen, die Weihnachtslieder und auf den Duft aus der Küche, wenn das Festessen zubereitet wird. Und wenn ich zur Adventszeit in Deutschland bin, dann auch auf den Weihnachtsmarkt.

Das ist eine Tradition, etwas, was mir niemand nehmen kann. Diese schöne Kindheitserinnerung, die ich als Erwachsende auf ewig in mir trage. Doch am meisten freue ich mich auf die Stille und Dankbarkeit, die sich zu der Zeit in mir ausbreitet, wenn ich bewusst daran denke, warum wir Weihnachten feiern. Ich bin Gott dankbar, für seinen Sohn, der damals in Bethlehem zur

Welt kam und der Menschheit Hoffnung versprach. Und ist es oft noch so schwer und düster in unserem Leben, so können wir uns, wenn wir dazu bereit sind, daran festhalten. An die Hoffnung auf jedem Schritt in unserem Leben. Drum trage ich Weihnachten im Herzen, schreibe darüber Geschichten, damit die Weihnacht auch eure Herzen findet, wenn sie nicht schon darin schlummert.

Mein herzlicher Dank geht an Ralf, der, um die jährliche Weihnachtsgeschichte zu lesen, früh am 24. Dezember aufsteht. Dies gehört zu seiner Tradition, etwas, was sich seit neunundzwanzig Jahren wiederholt, in der heutigen Zeit, der vielen Veränderungen. Nachdem er die Erzählung gelesen hat, gibt er sie an seine Frau Petra weiter und am späten Heiligen Abend teilen mir beide bei einem Telefongespräch ihr Meinung über die Geschichte mit und wir verbringen Festzeit miteinander.
Dieser Austausch gehört seit fast drei Jahrzehnten für mich zum Heiligen Abend dazu. Ein Gefühl der Freude, der Verbundenheit, des füreinander da sein.
Versteht ihr, was ich damit rüberbringen möchte? Hoffnung, ein kleines Geschenk, ein Teilen der Freude in einer doch schnelllebigen Zeit. Innehalten. Dies ist eine Geschichte von vielen, wie meine Freundinnen, Freunde und Familie mit der Weihnachtsgeschichte einer Tradition nachgehen. Mal wird sie direkt gelesen, wenn sie im Postfach landet, oder gemütlich bei einer Tasse Tee und Kerzenschein auf der Coach oder …

Liebe Freunde, liebe Familie, dass ihr euch jedes Jahr auf die Weihnachtsgeschichte freut, hat dazu geführt, dass es eine weitere Anthologie gibt. Nun bereits die dritte.

Herzensdank an Gitta, Birgit, Klaus, Nadine, Papa, Erwin, Gudrun, Sue, Nils, Elsa, Brigitte, Eike, Petra, Hedi, Frank, Karin, Franziska, Cedric, Nikolaus, Ina, Carina und Michael.
Mein Dank geht auch an die Menschen, die nicht mehr bei uns sind. Meine Mutti, René-Sabine, Irene, Hilde und Tante Elfriede.

Ein besonderer Dank geht an Rheinhold-Franz Reisert, den Autor von »Tretmühlentreue«. Unser Gespräch über Hochsensibilität brachte mich dazu, die Geschichte »Du bist anders« zu schreiben. Dazu kommt, dass deine Worte, deine Wertschätzung der Anstoß dafür waren, dass diese Anthologie in diesem Jahr veröffentlicht wird.

Einen lieben Dank an Perry Payne für die hervorragende Umsetzung meines Wunsches. Beim Anblick des Covers wird mir warm ums Herz.

Danke an alle Leserinnen und Leser.

Der Frieden auf Erden beginnt im kleinen Kreis. Lasst und gemeinsam den Frieden in die Welt senden und die Hoffnung niemals verlieren.

Ich wünsche euch friedvolle, besinnliche Weihnachten.

Sigrid

VITA

Die Autorin Sigrid Wohlgemuth wurde in Brühl, bei Köln geboren. 1996 erfüllte sich die selbstständige Kauffrau ihren Traum, zog nach Kreta und machte die Insel zu ihrer Wahlheimat. Die Mittelmeerinsel, ihre Bewohner, die kretische Küche und das Schreiben wurden zu ihrem Lebensmittelpunkt. Es entstanden Geschichten und Romane, die überwiegend auf Kreta spielen.

Nach fünf Romanen, drei weihnachtlichen Anthologien ist der Roman, Freundschaft Plus, Realität vs. Scheinwelt, der erste, der nicht auf Kreta spielt, sondern im Umkreis Köln/Bonn.
All ihre Romane beinhalten ein spezielles Thema. Auch wenn es oft schwere oder Tabuthemen sind, reist der Leser, die Leserin bei vielen der Bücher über die Insel Kreta, lernt Land und Leute sowie die kretische Küche kennen. Drei ihrer Bücher beinhalten Rezepte. Es gibt viel zu lachen, zu träumen, zu lieben, zum Nachdenken und der Leser, die Leserin spürt die Sonne, das Meer zwischen den Zeilen.

Midlife-Crisis, Trauerbewältigung, Panikanfälle, Phobien, Traumerfüllung und die Selbstbestimmung, sind einige der Themen, die die Autorin mit Vorsicht an den Leser, die Leserin heranbringt. Mit ihren Weihnachtsgeschichten möchte sie besinnliche Lesestunden und weihnachtliche Freude bereiten.

Sigrid Wohlgemuth lektoriert Bücher in allen Genres, Sachbücher und Ratgeber für andere Autoren und Autorinnen. Sie geht diesem Job mit Freude nach, die Vielfalt der Geschichten begeistert sie jedes Mal aufs Neue. Sie bietet die Erstellung des Buchsatzes an und hilft Selfpublishern bis hin zur Veröffentlichung.

Sigrid Wohlgemuth bietet Schreib-Workshops auf der Insel Kreta und online an. Bei dem Coaching zeigt sie, wie jeder mit wenig Schreibhandwerk eine Kurzgeschichte und einen Roman schreiben kann.

www.schreibworkshop@yahoo.com

Ihr Lebensmotto

Lebe deinen Traum bevor es zu spät dazu ist.

VERÖFFENTLICHUNGEN

2023	Weihnachtsherz Anthologie Weihnachtsgeschichten Twentysix Verlag
2023	Freundschaft Plus Realität vs. Scheinwelt Roman Twentysix Verlag
2020	Schrei in der Brandung Kreta Roman Twentysix Verlag
2019	Weihnachtskind Anthologie Weihnachtsgeschichten Selfpublishing
2019	Ein Stück Süden für dich Kreta Roman Franzius Verlag GmbH
2017	Und tschüss … Auf nach Kreta! Kreta Roman mit Rezepten Franzius Verlag GmbH

2015	Der Duft von Oliven Kreta Roman Der kleine Buchverlag/Lauinger Verlag
2013	Drei Stühle Köstliche kretische Geschichten & Rezepte Stories & Friends Verlag
2012	Bis am Baum die Lichter brennen Anthologie Weihnachtsgeschichten HS Verlag – Österreich

Zahlreiche Veröffentlichen in Anthologien und Zeitschriften.

In Bearbeitung befindet sich ein Roman über eine Freundschaft fürs Leben, zweier Freundinnen, sowie ein Roman mit dem Thema Hochsensibilität.

August 2018
Food-Expertin für das
ADAC Reisemagazin Kreta

https://www.facebook.com/sigrid.wohlgemuth/

https://kreta-erzaehlungen-rezepte.jimdofree.com/

sigrid.wohlgemuth@yahoo.de

Hoffnung und Frieden.